集英社オレンジ文庫

京都伏見は水神さまのいたはるところ

花舞う離宮と風薫る青葉

相川　真

本書は書き下ろしです。

目次

【登場人物紹介】

三岡《みつおか》ひろ

高校２年生。東京で暮らしていたが、京都の祖母のもとに。水神の加護があり、ひとならぬものの声が聞こえる。

清尾拓己《きよおたくみ》

大学３年生。ひろの幼馴染み。兄の代わりに家業の造り酒屋『清花蔵』を継ごうとする。

シロ

かつて京都にあった池の水神。普段は白い蛇の姿だが、雨が降る時には人の姿になれる。ひろに執着する。

水守《みずもり》はな江《え》

ひろの祖母。古くから水に関わる相談事を引き受けていた蓮見神社の宮司。

西野《にしの》　椿《つばき》

ひろの友人。古典研究部所属。あだ名は椿小町。

砂賀陶子《さがとうこ》

ひろの友人。陸上部のエース。兄は拓己の後輩の大地。

イラスト／白谷ゆう

一
冬の昴

1

京都の冬は底冷えと言われる。地の底から這《は》い上がってくるような冷気で、朝は肌がひりつくほどに寒い。

今冬一番の冷え込みと言われた、その新年の朝。ひろは蓮見《はすみ》神社の境内《けいだい》で空を見上げていた。冬の空は磨き上げた氷のように、冴《さ》え冴《ざ》えとした青色をしている。そこに白い息が薄い雲のように、ふわりと立ち上がった。

三岡《みつおか》ひろは、高校一年生の秋に京都へ越してきた。この蓮見神社で、祖母とともに暮らしている。それから一年と少し、二度目の新年だ。

真っ青に映える空が美しくて、じっと見上げていると、神社に隣接している家の玄関が、がらりと開いたのが見えた。

「——うわ、寒いな」

白い息を吐きながらこちらへ歩いてきたのは、清尾拓己《きよおたくみ》だ。はす向かいに住む大学三年生の幼馴染《おさななじ》みで、清花蔵《きよはなくら》という昔ながらの造り酒屋の跡取りだった。

拓己が呆《あき》れたようにひろを見下ろした。

「境内の様子見てくるて出て行ってから、ちっとも帰ってこうへんし。またぼうっと空でも見てたんやろ」

ひろは目をそらした。この幼馴染みにはお見通しだったらしい。

ひろは自然が好きだ。色硝子《ガラス》のような青い空の色も、肌を切るような冬の空気の冷たさも。一度夢中になるとそればかり眺めて、ほかのことはどうだってよくなってしまう。自分でも悪い癖だと思っていた。

「ひろらしいわ。ほら、中入りや。お雑煮《ぞうに》できたて」

拓己が苦笑して手招いてくれる。仕方ないなあ、と優しい笑みを浮かべるものだから、ひろは跳ね上がった鼓動を一生懸命抑え込んだ。

家の客間へ戻って、あたたかな空気を吐き出しているストーブに手をかざした。ひろの冷え切った指先にじん、と体温が戻る。

拓己が客間の卓に盆を置いた。

「鰹節《かつおぶし》と塩昆布《こんぶ》、持ってきた。もうすぐはな江《え》さんが雑煮持ってきてくれはるわ」

拓己は勝手知ったるというように、台所と客間をぱたぱたと行き来している。少し傾いた正月飾りを直してみたり、客間の菓子鉢《ばち》に、一つずつキャンディのように包まれたカラフルな干菓子や、一口サイズのまんじゅうを足してみたりと、ひろの祖母、はな江の手足のように動き回っていた。

そんな拓己を、ひろはじいっと見つめた。

「いいの、拓己くん。清花蔵の方が忙しいんじゃないの？」

一瞬ぎくりと体をこわばらせた拓己は、ふいと視線をそらした。

「……ええよ。挨拶《あいさつ》は済ませたし。母さんの手伝いも終わったし」

年末の大掃除からこっち、拓己はしょっちゅう蓮見神社へ顔を出している。蓮見神社は女手二人では何かと大変だから、と本人は言うけれど、ひろは本当の理由を知っている。

拓己の兄、瑞人《みずと》が帰省しているからだ。拓己は十歳年の離れたこの兄と、何かと折り合いが悪い。

つまり適当に理由をつけては、蓮見神社に逃げてきているのだ。

卓に湯飲みと急須を置いてひと心地ついたらしい拓己は、ひろの隣にあぐらをかいた。

「……あいつ、今年は無駄に長いことといやがって。去年みたいにギリギリに来て、正月終わったらさっさと帰ったらええんや」

瑞人は今年、正月休みに合わせて有休を取ったらしく、年末のずいぶん早い時期から京都に帰ってきていた。

いつも理性的で大人なこの幼馴染みが、兄が絡むと途端に子どものようになる。それがおかしくてひろはくすりと笑った。

着物の祖母が雑煮の椀《わん》を持って、客間に入ってきた。祖母は小柄だが、いつも凛《りん》としていて立ち姿も美しい。髪を後ろで一つに結い上げて、灰色の着物に冬牡丹《ぼたん》をあしらった帯を締めている。いつもより華やかに見えるのは正月だからだろうか。

「うちは掃除も正月の準備も拓己くんが手伝《てつど》うてくれて、助かってるんよ」

はな江の雑煮は、白味噌《みそ》に白い丸餅《もち》が入っただけのシンプルなものだ。

「ひろ、鰹節」

拓己が鰹節の紙袋をひろに差し出した。体温で溶けそうなほど薄く削られた花鰹を、椀からはみ出るほどたっぷりとかける。鰹節がちらちらと湯気で躍《おど》った。

とろとろの餅が、甘みのある白味噌の出汁《だし》と絡み、鰹節の香りが口いっぱいに広がる。

隣で、拓己も美味《うま》そうに出汁をすすっていた。

「ひろはこっちの雑煮は平気なんやな。白味噌の甘いんが、好きやない言う人もいたはるて聞くけど」

「わたしは好きだよ。東京でも、お正月のお雑煮はこれだった」

ひろは一年と少し前まで東京で暮らしていた。父親が海外で仕事をしているため、ほとんど母と二人暮らしだった。母の誠子《せいこ》はアパレルブランドのバイヤーを務めていて、年末年始商戦のこの時期、ほとんど家にいなかったのを覚えている。

「お母さんは、毎年一月一日だけお休みだったんだ。おせち料理は出来合いだったけど、このお雑煮だけは作ってくれたんだよ」

白い丸餅のほかに何の具も入っていないところも、鰹節をたっぷりかけるところも同じだ。一年に一度のそれが、ひろにとっては特別だった。

母は京都が好きではないと言う。ひろが幼いときから、帰省しても長くとどまることはなかった。

けれど母の中にも、確かに京都の――祖母の文化が息づいているのだと、ここに来てひろは知ったのだ。

――母のことを考えると、ひろの口から自然とため息がこぼれた。

春になれば、ひろは高校三年生だ。受験生である。ひろの通う深草《ふかくさ》大亀谷《おおかめたに》高校は、全員が進学することを目指している。ひろも大学を受験するつもりでいた。

母の言う通り東京へ戻るか、それとも祖母のいる京都に残るか。いずれ決めなくてはいけない時が来る。

「拓己くんは、大学はどうやって決めたの?」

「大学?　……ああ、ひろも春から受験生やもんな」

拓己が急須から二人分の湯を注いだ。湯飲みにはそれぞれ、塩漬けの桜が三つばかり入っている。湯を注ぐとふわりとほどけて、ほのかに甘い桜が香った。桜茶だ。

「おれは、あんまり参考にならへんのとちがうかな。もともと大学行くつもりあらへんかったし」

以前拓己は、剣道でもらった推薦の話を蹴《け》ったと言っていた。それなら今の龍ヶ崎《りゅうがさき》大学経済・経営学部は、拓己が自分で行くと決めたはずだ。

「高校卒業したら蔵に入るつもりやったんや。せやけど酒を扱う以上、未成年はまずいやろてことになった。それに、父さんが大学は行っとけて言うから」

「どうして経済学部にしたの？」

「ほんまは農学部で米か麹《こうじ》の研究しよう思てたんやけど、キャンパスが滋賀県やていうから。蔵から遠なるんは困るやろ」

だから家から近いキャンパスにある経済学部にした。あまりにもあっさりそう言うものだから、ひろの方が戸惑った。

拓己にはこういうところがあると、最近ひろは思うようになった。大切なこと以外はどうだっていいと、さっぱり切り捨ててしまっているように思うのだ。

拓己にとって大切なのはただ一つ、清花蔵を継ぐことだけだ。

その夜ひろとはな江は、清花蔵で開かれた年始の宴会にお邪魔することになった。

清花蔵は十月頃から始まった、酒の仕込みの真っ只中だ。季節労働である蔵人《くらびと》や杜氏《とうじ》たちは、正月だからと帰省することはない。目が離せない仕込みの中、せめて正月らしく盛大に騒ごうという心づもりらしかった。

いつもの食事の間の卓に、おびただしい量のおせち料理が広がっていた。二段や三段の重箱ではとうてい追いつかない量だ。ほとんどが拓己の母、実里《みさと》の手作りである。酒瓶《さかびん》とチューハイやハイボールの空き缶、そして騒ぐ大人たちの隙間《すきま》をぬって、ひろは自分の皿におせち料理を確保した。

かんぴょうでくくられた昆布《こぶ》締《じ》め、数の子と紅白のかまぼこ、手製の栗きんとんはほくほくの甘い栗がたくさん入っている。だし巻きは錦市場《にしきいちば》の卵焼き専門店のもの。それから、小鉢に盛られたつやつやの黒豆をスプーンにふたすくい。小さなうずらのゆで卵と甘い伊達《だて》巻きは、二歳になる拓己の姪《めい》、若菜《わかな》のために用意されたものだ。

清花蔵の大皿料理にもずいぶん慣れた。最初、拓己の後ろに隠れてしまっていたのが懐かしいくらいだ。

ひろは皿とあたたかい茶の入った湯飲みを持って、続きになっている客間に向かった。

大人たちは皆食事の間にいるから、こちらだと落ち着いて食べることができるのだ。

客間の縁側はこの時期、ガラス窓が閉まっている。ひろは卓に皿を置くと、縁側の板間に腰を下ろして、じっと外を見つめた。

ガラス戸の向こう側には、庭が外灯に照らされてぼんやりと浮かび上がっている。砂利《じゃり》が敷きつめられた真ん中に手押しポンプでくみ上げる井戸があって、石の器《うつわ》にぽたぽたと水がこぼれていた。花香水《かこうすい》と呼ばれていて、伏見《ふしみ》の下に広がる、広大な地下水だまりから引き上げている。

ぱた、ぱた、と水のこぼれるわずかな音に、ひろはじっと耳を澄ませていた。

とん、と肩を叩かれて振り返ると、拓己が苦笑していた。

「相変わらずやな。お茶冷めるやろ」

客間にも用意されている卓に戻りながら、ひろは肩をすくめた。夢中になるとそればかりになってしまう。

おせち料理に加えて、拓己は大きな鉢を一つ卓に置いてくれた。

「棒鱈《ぼうだら》。鉢ごと持ってきた。母さんが一昨日から仕込んでたんや。食べたって」

鱈を乾燥させた棒鱈は、丸一日かけて戻した後、大きく切られた海老芋《えびいも》と一緒に甘く煮染める。箸《はし》を入れると繊維に沿って崩れ、口の中でさくさく、ほろりとほどける不思議な食感だ。じんわりしみた甘いだし汁に舌鼓《したつづみ》を打っていると、ひろの足元をするりと白いものが這った。

拓己が小さく舌打ちする。

「やっぱり来たか」

それは小さな白蛇《しろへび》だった。赤い舌をちらりとひらめかせる。

「やっぱり、とはなんだ、跡取り」

「昨日、拓己くんのうちで新年のごちそうが出るって話をしたら、シロも来たいって言ってたんだよね」

ひろは白蛇を自分の手のひらにすくい上げた。

しゃべる白蛇のシロは、ひろの友人だ。氷のような透き通る鱗《うろこ》、つるりと冷たい手触り。瞳の色は月と同じ金色をしている。かつて伏見にあった大きな池の水神で、その正体は白い鬣《たてがみ》と黒曜石のように艶《つや》めく鉤爪《かぎづめ》を持つ龍《りゅう》だ。普段は白蛇の姿で、雨が降ると人の姿を取ることができる。

「清花蔵の料理も菓子も、悪くないからな」

シロの〝悪くない〟は、相当な褒め言葉だ。シロはその金色の瞳を輝かせながら、卓の上をぐるりと見回した。

「ひろ、おれその黒豆がいい」

シロが目を止めたのは、ひろの皿に乗っていた黒豆だった。一粒一粒が、一つの皺《しわ》もなくつやつやと輝いている。

「宝石みたいだな……美しい」

ひろはくすりと笑って、小さな皿に黒豆をいくつか乗せてやった。シロは人が丁寧《ていねい》に手を加えた物が好きなのだ。

拓己がシロの前に盃《さかずき》を置いた。そこに小さな瓶から直接酒を注ぐ。

「正月やから特別や。去年仕込んだやつやけどな」

「『清花』か！」

シロの金色の瞳がひときわ輝いた。

清花蔵は『蔵』と呼ばれる工場で仕込む酒とは別に、神酒《みき》を仕込んでいる。庭の奥にある小さな内蔵で、ほんの少しだけ仕込まれるそれは、神に捧げる本物の神酒『清花』だ。

それはシロのようなものたちにとって、特別に味わい深い酒のようだった。

ほろりと甘い黒豆と豊潤な香りの『清花』を交互に楽しんで、シロはとても満足そうだった。ひろも顔をほころばせたとき。

突然拓己がシロをわしづかんだ。

「何をす――」

「ひろ、持っといて」

ひろはあわててシロを受け取って、腕の中にかかえこんだ。誰かが廊下を歩いている音が聞こえたからだ。

障子《しょうじ》が開いた途端、拓己の額にぎゅっと皺が寄った。

「……何の用や、兄貴」

障子の向こうには、瑞人が立っていた。A４サイズの茶封筒を小脇に抱えている。拓己によく似た鋭い切れ長の目が、ひろと拓己を順番にとらえた。

幼い頃のひろは、そのときすでに大学生だった瑞人がどうにも苦手だった。今でも視線が合うとぎくりとしてしまう。

「拓己、話がある」

瑞人がちらりとこちらを見た気がして、ひろは腰を浮かせた。

「わたし、おばあちゃんたちのところにいるよ」

拓己が立ち上がりかけたひろの腕をつかんだ。座ったまま、じろりと兄を見上げる。

「ここにいたらええ」

「ええ……」

困ったのはひろだ。瑞人は明らかに拓己に話があって、ひろはいない方がいいだろう。拓己もそれは承知で、ひろを引き留めているのだ。

「その子がいないと話もできないのか？」

「ひろがいたらできへんような話、兄貴とおれには、あらへんやろ」

空気がぴりぴりと緊張している。ひろは腰を浮かせた妙な体勢で固まったままだ。しばらくして、先に折れたのは瑞人だった。

「まあいい」

それをきっかけに、拓己の腕に引かれるまま、ひろはすとんと元の場所に座り直した。なんとなく正座になり、膝《ひざ》の上で手のひらを握りしめる。瑞人と拓己の間で、どうにもいたたまれない。

瑞人が持っていた封筒を拓己の前に差し出した。中を確かめた拓己の、端整な顔が嫌そうに歪む。

「……どういうつもりや」

封筒の中身はひろにも見えた。カラー刷りのパンフレットと白黒の紙が数枚。どこかの企業の案内のようだった。瑞人は淡々と言った。

「大学時代の友人から、誰かいいのがいたら渡してくれと預かった。別に結果に色がつくわけではないが、エントリーぐらいはしてみてもいいんじゃないか」

拓己はそれを一瞥《いちべつ》した後、茶封筒をそのまま瑞人に突き返した。

「おれは就活はせえへん言うたよな。卒業したら蔵に入る」

拓己は封筒に目もくれずに立ち上がった。

「ひろ、母さんに雑煮ついでもらおう。年末についた粟餅《あわもち》もあるし、ぜんざいもある」

拓己に促されるまま、ひろはシロをかくすように腕の中に抱きかかえたまま、立ち上がった。

瑞人が半ば客間を出ていた拓己の腕をつかんだ。

「——父さんも母さんも、お前の就職には賛成している」

その瞬間、拓己と瑞人の間の空気が音を立てて凍りついた。ほんの少しの衝撃で、粉々に崩れてしまいそうだ。

「——……おれは蔵だけでええ」

振り返った拓己の瞳は、細く眇《すが》められて氷のようだ。ひろは自分の背筋が、ぞくりと震えたのを感じた。黒々とした瞳の奥には瑞人もひろも、何もかもを映していないように見える。

拓己のことが怖いと思ったのは、初めてだった。

台所までの廊下を、拓己の少し後ろをついて歩く。声をかける勇気はなかった。腕の中でシロが喉を鳴らして笑った。

「跡取りもなかなか面白いな」

……恐ろしいのは、今まではシロだった。

失ったかつての自分の棲《す》み家、洛南《らくなん》の大池の代わりに、ひろのすべてを欲しがった。ひろ以外のものに少しずつ興味を示し始めたのは、ごく最近だ。

がんじがらめだったものがほろほろとほどけるように、シロは自由になっていると思う。今、シロの方が、よほど人間らしいとすら感じるほどに。

ひろは拓己の背をじっと見つめた。

大切なものとそれ以外をきっぱり分けて、ほかのものを捨ててしまう拓己の姿は、かつてのシロのようだ。それはきっととても危うくて怖い。

憧れだけで拓己を見上げていた頃には、気がつかなかった。

ひろは自分の中に育っている淡い思いを抱きしめるように、胸の前で手を握り合わせた。

2

嵐が来たのは、新学期が始まってしばらく経《た》った頃だった。

学校が終わったひろは、着替えて清花蔵へ向かった。

ひろの祖母、はな江は京都中から水にまつわる相談事を受けている。秋頃の怪我《けが》もすっかり回復し、いつも通り京都中を駆け回っていた。週に何日か、祖母の帰りが遅くなる日、ひろは清花蔵で夕食の相伴《しょうばん》にあずかることになっていた。

勝手知ったるとばかりに店表から入り、台所にいる拓己の母、実里に声をかけた。

「ただいま、実里さん」

「ひろちゃんお帰り。来て早々ごめんやけど、拓己にお客さん来たはるん。お茶入れたし、客間持っていったってくれへん？」

実里は台所でせわしなく動き回っていた。この時期は働き盛りの男ばかりで、実里は仕事をこなしながら、朝から晩まで食事を作り続けているような状態だ。

ひろはうなずいて、湯飲みと茶菓子の乗った盆を持って客間へ向かった。拓己の友人だろうか。そう思いながらひと声かけて障子を開けて、ひろはその場で立ちすくんだ。

「――ひろ？」

拓己の声が耳をすり抜けていく。

障子側には拓己が座っている。その向こうに女の人の姿があった。

耳の下でばっさりと切り落としたような、短い黒髪。切れ長のすっきりとした目と、薄い唇。黒のスキニージーンズをはいた足はほっそりとしている。片膝を立てて体を折りたたみ、その膝を囲うように腕を回していた。

その女の人は、ひろを見てぱちりと目を瞬《また》かせた。あわてて片膝を立てるのをやめて、背筋を伸ばして座り直す。

「誰かな、清尾くんの親戚の子？」

はきはきとした通りのよい声だった。拓己が立ち上がって答えた。

「はす向かいの神社の子。幼馴染みなんや。ひろ、お茶ありがとう」

ひろは我に返って、うなずいた。ここで茶を置いて立ち去らなくてはいけない。二人がどういう関係で何の話をしているのかなんて、ひろには関係がないのだ。

彼女からむりやり視線を外して、盆ごと拓己に渡したときだった。

――ゆき　いかならむ……。

うっすらと聞こえた声は、いつもの声だ。

人ではない、何か不思議なものの声だった。

ひろは幼い頃、水神であるシロから力をもらった。一つは、人ではない不可思議なものの声を、より強くとらえることができる力。もう一つは、水がひろを守ってくれる力だ。

祖母はこれを『水神の加護』と呼んだ。この水神の加護で、ひろはこれまでも、小さな事件を解決したことがある。

——みつくるおりも　はべらむ。

さっきとちがう声だ。さざめくような人の声が、幾重にも重なって聞こえる。何かの喧《けん》騒《そう》の中にいるような心地だった。

ひろは眉をひそめてあたりをうかがった。その声は、拓己と向かい合っているその女の人から聞こえている。

彼女の足元を何かが転がったような気がして、ひろは目を凝《こ》らした。茶色の固まりが、はすはすと息を弾ませている。ぴょこ、と飛び出した尾と耳で、それが犬だとわかった。

ふくふくとした子犬が、じゃれつくように彼女の足を鼻先でつついている。

一度それに気がつくと、彼女の周りにはたくさんのものが見えた。

肩口には様々な種類の鳥が、先を争うように止まったり離れたりを繰り返している。雀《すずめ》や鸚鵡《おうむ》、ちりちりと聞こえているのは鈴虫の鳴き声だろうか。

……それと、甘い花の香りや何かの楽器の音。季節も場所もばらばらの何かがたくさん、彼女を取り巻いている。

「ひろ、どうした?」

拓己の声が聞こえて、ひろは顔を上げた。

拓己には聞こえていないし、見えてもいないのかもしれない。伝えた方がいいだろうか。ひろが迷っていると、意外なところから声が飛んできた。窮屈そうに正座を崩してしまった、その彼女からだ。

「はす向かいの……ってことは、蓮見神社の子なんだよね。不思議な相談ごとに、詳しいって聞いたことある……。わたし、清尾くんに相談があって来たんだけど、もしよかったら一緒に聞いてくれないかな」

「おい、昴《すばる》……」

「お願い」

彼女にまっすぐ見つめられて、ひろは思わずうなずいた。

ひろの分の茶を取ってくると拓己が席を外している間、その人は簡単に自己紹介をしてくれた。

青柳《あおやぎ》昴というのが、彼女の名前だった。関西の訛《なま》りが残る標準語で、時々喉の奥から聞こえるような妙な発音をする。その理由はすぐにわかった。

「東京の大学に籍を置いてるんだけど、今はカナダに留学してて一時帰国中なんだ。たぶんこのままあっちの大学に編入することになると思う」

ひろは感心したようにうなずいた。

「三岡ひろです。蓮見神社に住んでて、今は高校二年生です。拓己くんと同じ大亀谷高校に通ってます」

「そうなんだ。じゃあ後輩だね」

昴が化粧っ気のない顔で笑う。さっぱりとした昴の人柄が、にじみ出ているようだった。

「……後輩ですか？」

「うん。わたしも深草大亀谷。清尾くんと同じ学年で、剣道部のマネージャーだったんだ」

ざわり、と胸の奥が騒いだ。

拓己が戻ってきて、ひろの前に茶を出してくれる。それから昴を促した。

「それで、ひろにも聞かせなあかん相談てなんや」

昴が傍《そば》に置いた鞄《かばん》を引き寄せて、何かを取り出した。数枚の葉書のように見えた。

「うちのお母さんのところにこれが届いたの」

のぞき込んだ拓己とひろは、そろって眉をひそめた。やはり葉書で、宛名は昴と、彼女の母である遙香《はるか》になっている。

拓己が一枚手に取った。

「なんやこれ……」

住所も宛名も、何か墨《すみ》のようなもので書きなぐられていた。切手もでたらめで、あるものを全部貼り付けたような雑多な貼り方をされている。

裏を返して、二人はまた言葉をなくした。表の乱雑さが嘘《うそ》のように、真っ白のままだったからだ。

「これは、去年の末に届いた葉書なの……お父さんから」

差出人はかろうじて、『遠山充《とおやまみつる》』と読むことができた。

だが昴の名字は『青柳』だったはずだ。ひろが目を白黒させているのに気がついたのか、昴があはは、と声を上げて笑った。

「三岡……ひろちゃん、だっけ。全部顔に出るよね」

「……すみません」

「ううん。ちがうちがう、素直でかわいいなって思ったの」

そう言ったあと、昴は苦い顔をした。

「──わたしのお母さんとお父さん、わたしが高校生の頃に離婚してるんだ」

離婚した父から届いた葉書は、十枚以上。去年の十月頃から定期的に届くようになった。

だけど、と昴が怯《おび》えるように唇を震わせた。

「……お父さん、去年の九月に死んじゃってるんだよね」

ひろと拓己はそろって、卓の上に広げられた葉書を見下ろした。葉書の消印は去年の十月から最近まで。

つまり、死んだ人間からの手紙ということになる。

拓己が昴に向き直った。

「悪戯《いたずら》いうことはないんか？」

「わからない。お母さんは、すごく荒れてるけどお父さんの筆跡に似てるって言ってた」

ひろは、なんだか背筋がぞわりとするような気がした。

拓己が昴に問うた。

「お父さん、病気やったんか？」

「そうみたい。あんまり知らないんだ。……わたし、お父さんのこと、好きじゃないから」

感情を押し殺した、乾いた声だった。

拓己がぐっと黙り込む。

「ろくに会ってもなかったし、葬式も行かなかったよ」

昴の感情の死んだカサカサの声にひろは胸が痛くなるのを感じた。

この人はきっと、感情と声が直結する人だ。

相続の関係で、父が住んでいたマンションを、昴がもらい受けることになったらしい。その片付けと、母から相談のあった葉書のことを調べるために帰国したそうだ。

「正直、その葉書はちょっと気味悪いな。それに片付けいうたかて、一人やと大変やろし。おれも手伝いついでに様子見に行こか？」

拓己の言葉に、昴が今度は、柔らかであたたかい笑みを浮かべた。

「ふふ。ありがとう。清尾くんだったら、そう言ってくれると思ってた。変わらないよね、高校のときと」

昴と拓己の間には不思議な空気があった。とても親密だけれど、互いに適度な距離を意識しているような、そんな雰囲気だ。

ひろは無意識に手を握りしめていた。ざわざわと胸の奥がまた騒ぐ。妙に不安だった。

「お父さんのマンションにも行ってみたんやけど……やっぱり気味悪いし。こんなの相談できる人他にいなくて」

昴が苦笑した。

顔を上げたひろの耳に、先ほどの声が戻ってきた。女の人の声、たくさんの人の喧騒、風の音、楽器……。

様々な音の中で、その声がひときわ大きく聞こえた。


——すばる。


柔らかく昴を呼んでいる。今までの声の誰ともまたちがう、男の人の声だ。

「——じゃあ、次の休みにでも行くわ。しばらくこっちいてるんやろ」

拓己の言葉に昴がうなずいたのを見て、ひろはあわてて身を乗り出した。

「わたしも、行っていいですか？」

出しゃばりすぎたかな、と不安が胸をよぎる。けれど昴の周りで聞こえている声は、きっとあの葉書に関係がある。そんな気がした。

昴は明るくうなずいた。

「もちろん。話も聞いてもらったし、手伝ってくれるとうれしいよ」

そろそろ帰ると、昴が畳《たたみ》から立ち上がった。思っていたよりずっと背が高い。百七十センチ近くあるだろうか。顔が小さくて細く長い足には、黒のスキニージーンズがよく似合った。

拓己と昴がそろって立つ姿は、互いにとてもしっくり馴染んでいるように思えた。

ひろはなんだか落ち着かなかった。その姿を見ていると、胸の奥に何かが引っかかっているような気がする。

ひろがそれを思い出したのは、蓮見神社に帰って自室に上がった後だ。布団を整えながら、ひろは「あっ」と声を上げた。

昴は剣道部のマネージャーだったと言っていた。以前、拓己の剣道仲間である、藤本仁《ふじもとじん》が言っていたのを思い出したのだ。

――あのかわいかったマネジどうしたんや。

あのとき拓己が高校時代に、女の人に人気があったという話をしていたのだ。

剣道部のマネージャーは何人もいたのかもしれない。仁が言ったその人が、昴だという確証はない。けれどひろは確信した。あの空気も距離も、だったら納得できる。

そうか。きっと昴が――いつかの拓己の傍《かたわ》らに、立っていた人だ。

3

連休の終わった学校の教室で、ひろは机に突っ伏してため息をついた。隣の席から、柔らかな笑い声が聞こえる。

「どうしたん、ひろちゃん」

顔を上げると、目の前で艶やかな黒髪が揺れていた。

隣の席の西野椿《にしのつばき》は、ひろの友人だ。真っ白な肌に長い黒髪、穏やかな物腰の美少女で、ひそかに『椿小町《つばきこまち》』と呼ばれていた。

椿の横には、隣のクラスの砂賀陶子《さがとうこ》が、腕を組んで窓枠にもたれかかっている。

「新年早々、悩ましいため息つくやん」

陶子は陸上部のエースで、この間、部長になった。相変わらずスカートの下にジャージをはいていて、すらりとした長い足を隠している。

二人ともひろが京都に住むようになって、初めてできた友人だ。

陶子がにやりと笑った。

「清尾先輩と、なんかあったんか」

ひろはぎくっと肩を震わせた。椿はひろと少し似ていておっとりとしているが、陶子は誰からも好かれるリーダー気質で、人の感情の機微に聡《さと》い。

拓己のことが好き——なのかもしれない。

去年そう気がついた後、自分の心の内に大混乱したひろは、友人二人を呼び出して泣きついた。河原町《かわらまち》のファミレスで何時間にもわたって散々話を聞いてもらい、そうしてようやく納得がいったのだ。

拓己に対するこの気持ちが、やはり〝恋である〟ということに。

理解して納得した途端、今度はどうしてだか涙が止まらなくなった。

椿と陶子はぐすぐす泣いて話もままならないひろの傍に、ドリンクバーのカフェラテが冷たくなるまで、ずっといてくれた。

——それでどうするん？　伝えてみる？

陶子が入れ直してくれたカフェラテをすすりながら、そのときのひろは首を横に振った。

拓己への思いを自覚すると同時に、もう気がついてしまったからだ。

拓己が優しいのは、ひろが好きだからではない。その優しさはいつだってたくさんの人に差し伸べられていて、ちっとも特別なんかじゃないのだ。

では諦《あきら》められるかというと、この恋というやつはそう簡単にはいかないらしい。

自分の心の中のはずなのに、全然思い通りにいかない。こういうことが全部人を好きになるということなら、みんなよくこんなものを抱えて、平気な顔をしていられると思う。

——今だってそうだ。教室でひろは、無意識に自分の胸の前で手のひらを握りしめていた。絞り出すようにつぶやく。

「……拓己くんの元カノさん……のような人に、会った」

それだけでざわつく胸の苦しさの正体は、きっと嫉妬《しっと》だ。

椿と陶子はそろって顔を見合わせた。言いにくそうに、陶子が苦い顔をした。

「清尾先輩、いろいろと噂《うわさ》になってた……ていうか、巻き込まれてた人やからなあ」

「女の子と遊ぶって感じの人やないけど、付き合ったいう人は多かったみたい。でもほんまか嘘か、ようわからへんのよ」

椿の瞳が気遣わしげにひろに向けられた。

前もそう聞いたことがある。拓己の周りにはいつだってたくさんの人がいる。高校時代どころか、拓己の特別な人になりたいのだと、現役吹奏楽部の子に詰め寄られたのは、記憶に新しい。

陶子が吐き出すようにつぶやいた。

「清尾先輩、優しいからな」

その優しさが残酷《ざんこく》だと言ったのは椿だ。

あの拓己の優しさは、どこから来ているのだろう。そこには何か、拓己の奥底に関わる理由があるのかもしれない。ひろはふとそう思った。


その週末、ひろは拓己と連れだって深草を訪れた。幹線道路に近い古いマンションの四階、その一室が昴の父の部屋だ。

外に面した廊下から、道路の向こうに赤茶色の建物が見える。拓己がそれを指した。

「あれ、うちの大学の伏見キャンパスや。ここから見えるんやな」

五百メートル四方を切り取るように、赤茶色のレンガ造りを模した建物が建ち並んでいる。ひろは目を丸くした。

「龍ヶ崎って広いんだね！」

拓己の通う龍ヶ崎大学は、京都にいくつかある総合大学の一つだ。京都に二つ、滋賀に一つ、大阪に一つそれぞれ学部のちがうキャンパスを持っている。

隣で昴も手のひらを額にあてて、それを眺めていた。

「そうか、清尾くん龍ヶ崎なんだっけ。もっといいとこ狙えるって聞いてたよ？」

「家から近かったし、私立やけど学費も安かったから」

昴が目を細めてつぶやく。

「……お父さんも、あそこで働いてたんだって」

「何したはったん?」

拓己が振り返る。

「古典の先生。何個か授業も持ってたらしいけど、よく知らない」

あの乾いた声で言って、昴はマンションのドアに向き直った。

昴がドアノブに手をかけた途端、吹き上がるように声が聞こえた。

——こうろほうの

——すばる

——みつくる　おり　も

——いかならむ

——……あいたい

犬や鳥の鳴き声などの喧騒に混じって聞こえる、柔らかで悲しそうな男の声に、ひろは唇を結んだ。胸がじくじくと痛くなるような寂しい声だ。

ふくふくとした子犬が、昴の細い足首を一生懸命ぐりぐりと押している。昴には見えていないのだろうけれど、ひろには、ドアの前でためらっている彼女を促しているように見えた。

昴がドアを開けた瞬間、ひろに聞こえていた音は、さあっと波が引くように消えていった。まるでドアの内側に吸い込まれたかのようだった。

部屋は少し広めの１ＤＫで、ダイニングとワンルームの境は取り払われている。部屋のほとんどを占めるのは、おびただしい量の本だった。

「先生の部屋、って感じやなあ……」

拓己が半分感心したように、後半分は呆れたようにつぶやいた。部屋の壁は本棚で埋め尽くされ、本棚の隙間という隙間に紙やファイルが詰まっている。床にはいくつもの本のタワーができていた。本の間からはみ出している机には、書きかけのノートや埃《ほこり》をかぶったパソコンが紙に埋もれるように置かれている。

ひろは妙に落ち着かない心地だった。

何かの気配がじっとこちらをうかがっているような気がしたからだ。それも一つや二つではない。先ほどまでの子犬や鳥たち、声の主が見つからないように物陰に隠れて、こちらをうかがっている。そんな風だった。

昴が訝《いぶか》しそうに、窓の傍を見た。そこには空の鳥かごが揺れている。

「お父さん、鳥とか飼《こ》うてたんかな」

鳥かごの下には段ボールがあって、中を見た昴が、わずかに身を引いた。

「……犬とか猫の餌《えさ》も入ってる……」

床や本にはうっすらと埃が積もっているのに、動物の毛や鳥の羽一枚も落ちていない。鳥かごは新品のように見えたし、餌も封は切ってあるものの、減っているようには見えなかった。

拓己がひろに小声で問うた。

「ひろが言うてた、犬とか鳥とかと関係あるんか」

拓己には、昴の傍で聞こえた声や見えたもののことは伝えてある。

「だけど……拓己くんも昴さんも見えてないよ。昴さんのお父さんは、見えてたのかな」

今のところ声も収まっている。けれどあちこちから感じる視線に、ひろは居心地悪そうに身を震わせた。

昴はおもむろに、畳んで置いてあった段ボールを台所から何枚か持ってきた。あらかじめ昴が頼んでおいたものだという。組み立てて、無造作に本や資料を放り込み始めた。

「ええんか。探したら葉書のことも何かわかるかもしれへん」

拓己が問うた。

「うん。早く片付けたい。……気味悪いし、それに——」

昴は腰に手をあてて、は、と息を押し出すように、乾いた笑いをこぼした。

「本、本、本。研究ばっかりでお母さんを捨てた、お父さんらしいわ」

昴は手近な本をつかんでは、段ボールの中に投げ込んでいく。中身を確かめもしない昴は、容赦《ようしゃ》がなかった。

ひろと拓己も手伝って、ものの一時間ほどで部屋には段ボールが積み上がった。それでも本棚の本はあまり減ったようには見えない。

埃を払った本を段ボールに詰め込みながら、ひろはふと手を止めた。

——本当にいいのだろうか。

葉書のことも、たくさんの音や動物たちのことも何もわからないままだ。それから、昴を呼ぶ柔らかなあの声のことも。

声はひろにしか聞こえていない。このままにしておいていいのだろうか。ひろが考え込んだときだった。

「——遠山先生の、知り合いの人ですか？」

玄関先から声が聞こえた。舞い上がる埃を外へ追い出すため、開け放してあったドアの向こうに、男が立っていた。チェックのシャツに洗いざらしたデニムで、色あせた黒色のリュックサックを片手にぶら下げている。

昴が廊下に散らばっていた本を端へ寄せて、玄関先へぱたぱたと走っていった。ひろと拓己もその後に続く。

「はい、青柳昴といいます。遠山充の娘です」

「ああ……」

娘、と聞いて複雑そうな顔をした彼は、昴と父の事情を知っているのかもしれない。彼は深く頭を下げた。

城島雄馬《じょうしまゆうま》と名乗った彼は、龍ヶ崎大学の文学部で昴の父のゼミの学生だったという。

「おれも、ここのマンションに住んでるんです。先生にはよくご飯とか食べさしてもろて……この部屋、引き払うんですか」

「はい、今月末には」

昴の声が、ぴり、と緊張した気がした。雄馬はためらって、その後顔を上げた。

「おれたちのゼミ室に、先生の本や研究ノートがまだたくさんあります。……先生が亡くなった後、みんなで保管してたんですが……ご家族の方にお返ししてもいいですか」

昴はにべもなかった。

「いりません。そちらで処分してください。もしよかったら、ここにある物もお好きな物を持っていってください――その方が、父も喜ぶんじゃないですか」

ぴしゃりと叩きつけるような声に、雄馬が言葉を失った。

――あいたい、さみしい。

喧騒の中で、何よりも強い男の声だ。ひろにだけ聞こえるその声が、あまりにも切なく響くものだから。やっぱりこのまま放っておくことなんてできない、と思ったのだ。

「……あの、昴さん。見に行くだけでもどうですか？　葉書の意味もわかるかもしれないです」

「もういいよ。気味悪いけど、無視しとけばいいから」

昴はまっすぐ雄馬を見たまま揺らがない。隣で、拓己が昴の肩に手を置いた。

「自分がいらんから、知らんやつに押しつけるんは話がちがう。引き取るぐらいは……」

「わたしだっていらなかった。この部屋ごと押しつけられたんだよ！　来たくもなかった」

振り返って拓己を睨《にら》みつける視線は、氷のように冷たい。拓己がため息をついた。

「わかった。やったらおれが引き取ってくる」

昴がぐっと詰まった。瞳が揺れる。やがてふっと肩から力を抜いた。

「……清尾くんにやらせることじゃない。ごめん。わたしが行く」

昴が雄馬に向き直る。その声はまだ乾いていたけれど、かろうじて誰かに向けられるほどには、柔らかく保たれていた。

「案内してもらえますか」

「あ……はい」

拓己と昴のやりとりに、完全に腰の引けていた雄馬が、あわててうなずいた。


龍ヶ崎大学の中庭には木造のベンチが並び、芝生エリアの中央には噴水、奥にはガラス張りの小さなカフェがある。休日のため講義は休みで、中庭にはぽつぽつと数人の学生がいるばかりだ。

その中庭を囲うように、レンガ調の建物が四つ、それぞれデザイナーが仕立て上げたような前衛的なデザインだった。どれも教室棟だという。

ひろはあれこれ眺めながら、拓己の後ろを歩いていた。

「なんだか小さな街みたい」

高校の敷地とは雰囲気が全然ちがって、少し緊張する。前を歩いていた拓己が笑った。

「ちょっと早めのオープンキャンパスやて思といたらええよ。ひろも龍ヶ崎を考えてるんやろ？」

ひろはうなずいた。進路希望の紙にいくつかあげた大学の中に、この大学も入っている。

「拓己くんの教室はどこ？」

「大学は決まった教室があるわけやないよ。クラスも一応あるけど、クラス単位で何かすることもないいな。いつもいてるんはゼミ室」

拓己が指したのは、奥まったところに隠されるように立っている古いコンクリート打ちっぱなしのゼミ棟だった。

昴が、拓己の隣でくすくすと笑った。

「わたしもここにすればよかったなあ。うちの高校からけっこう進学したよね。大学生になった頃、一人で東京にいるのが寂しかったんだ。高校のみんなでキャンパスライフっていいなって憧れたりしたよ」

昴がまぶしそうにレンガ調の教室棟を眺めている。拓己が軽く笑った。

「昴はもともと留学したがってたし、東京の大学とずいぶん迷てたやんな」

「うん。あの頃は悩んだなあ……。清尾くんにも相談乗ってもらってたね」

ひろは前を歩く二人の後ろで、手を握りしめた。ぴかぴかのキャンパスに、長身の二人はとてもよく似合っている。

……昴が東京の大学に行ってくれてよかった。

ついそんな風に思ってしまう自分の心が苦しい。ひろは気づかれないように、小さく嘆息した。

先を歩いていた雄馬が案内してくれたのは、ゼミ棟の四階にある文学部日本文学科古典研究ゼミだ。薄暗い廊下の奥に押し込められている。

雄馬がどうぞ、とドアを開けた。

ゼミ室の中は昴の父の部屋と同じく、本と紙で埋め尽くされていた。研究者の部屋というものは、大抵同じようになるらしい。

本の隙間から数人の学生がこちらをうかがっている。内の一人が口を開いた。

「雄馬、誰？」

「遠山先生の娘さんと……えっと？」

雄馬が拓己を振り返った。

「経済《ザイ》・経営《エイ》学部三回生の清尾です。彼女の知り合いです」

「……清尾さんの知り合いの三岡です。高校生です」

よく考えると奇妙な取り合わせだ。不思議に思ったのだろう。学生たちが怪訝《けげん》そうな顔をしながらも、とりあえずと椅子《いす》を勧めてくれた。

昴が分厚いパーカーを脱いで、持っていたボディバッグと一緒に椅子の背にかけた。真ん中に拓己、反対隣にひろで、数人の学生たちと机を挟んで向かい合う。

向かいに座った学生が、拓己を見て声を上げた。

「清尾てキヨオタクミ？　経済《ザイ》・経営《エイ》学部の山岡《やまおか》ゼミで、伝統産業の復興計画やってるっていう」

「ああ、はい。知ってくれたはったんですね」

「山岡ゼミでイチバンの優等生やて有名やで。おれ、学祭のときの甘酒の試飲会行ったわ」

それより、とその学生がぎらりと目を光らせた。

「今度うちの院ゼミの合コン参加せえへん？　学部生の女の子、連れてきてや」

「……いや、遠慮しときます」

昴がくすりと笑った。

「相変わらずだね、清尾くん。高校のときにも、先輩方に誘われてたの覚えてるよ。清尾くんなら、制服着てなきゃわからないからって言われてさ」

「ちゃんと断ったやろ。おれは未成年ですって」

拓己がむすっと口をつぐんだ。ひろはぽつりとつぶやいた。

るのだろうか。

ひろにとっては少し先の未来の話だ。クラスの中で大人びた子たちは、そういうものに参加したことがあると言っていた。大学生になったらひろにも、そういう機会が巡ってくるのだろうか。

人見知りのひろにとっては悩ましいところだが、一度くらいは体験してみてもいいかもしれない。何事も経験だから、と思えるようになったのは最近だ。

隣で拓己が、妙に不機嫌そうに眉をひそめた。

「……ひろはそういうの苦手やろ。別に、誘われたかって行きたないんやったら行かんでもええんやし」

ひろ〝は〟、ということは、拓己は得意なのだろうか。そういえば前にも、大学の同じゼミだというきれいなお姉さんがたくさんやってきたことがある。ゼミコン、とやらもあるらしいし、そういうものに拓己が時々顔を出していることだって、ひろは知っている。

なんだか急に悔しくなって、ひろはふん、とそっぽを向いた。

「……最近はクラスの男子とかとも普通に話すよ。それに高校みたいな授業と違うから、交流を広げておかないと大変だって聞いたことある」

「ゼミとかで広げたらええやろ。別に……合コンとか行かんかったって」

ひろと拓己が、互いにむっとしていると、隣で昴がくすくすと笑っていた。

「清尾くん、ひろちゃんのお父さんみたいだね」

「……いや、そこはせめて兄やろ」

拓己が保護者のようだ、兄のようだと言われるのは珍しいことではない。今まではそれがうれしかったけれど、今は胸の奥がざわつくばかりだ。

雄馬が棚から数冊の本とノート、無地の黒のマグカップを一つ、昴の前に置いた。

「……先生の形見です」

ざわついていた部屋の中が、しんと静まった。

ノートは大学ノートと呼ばれる類《たぐい》のもので、背表紙がボロボロになるほど使い込まれている。本もどれも年季の入った様子で、茶色く変色していた。

雄馬が大切そうに本の表紙を撫《な》でた。

「……おれ先生にこの本貸してもらってて。……結局返されへんままやったな」

昴の父は夏休み前の最後の授業を休講した。休みが明けて学生たちが大学へ戻ってきた頃、病院で亡くなったと聞かされたのだ。以前から病気を患《わずら》っているとは聞いていたけれど、こんなに突然だとは思わなかった。

昴の父は学生たちにずいぶん慕われていたようだった。形見の品を囲みながら、あれはこのときの発表のもの、これはいつも開いていたもの、とあちこちから声が上がる。

「お金ないやつ集めて、先生の部屋でメシ食べさしてもらってたよな」

「そうそう！」

場がわっと盛り上がる。

相づちを打っていた拓己が、思い出したように問うた。

「遠山先生て、ペットとか飼《こ》うたはったんですか？」

雄馬が眉をひそめた。学生たち何人かが戸惑ったように顔を見合わせる。ややあって雄馬が口を開いた。

「……去年の春ぐらいかな。先生が突然、犬とか鳥の餌買《こ》うてきて……遊びに来るからって。やけど、先生の部屋で犬も鳥も見たことないから……」

ひろはじっと考え込んだ。やはり昴の父には、ひろに見えていた犬や鳥たちが見えていたのかもしれない。

雄馬が肩を落とした。

「今思うたら、あの頃もう具合も悪そうやったから……、病気が進行しておかしくなったはったんかもしれへん」

一番昴の父に懐いていたのは、どうやらこの雄馬らしい。涙をこらえるように目を見開いていてぐすりと鼻をすすった。誰かが雄馬の背を慰めるように叩いた。

「──いい先生だったよな」

その瞬間、今までじっと黙っていた昴が口を開いた。

「父はずいぶん楽しそうだったんですね」

皮肉めいた声音《こわね》が響く。父の思い出を前に、昴の中の何かが決壊したのが、ひろにもわかった。

学生たちがおののいたように身を引いた。

「わたしとお母さんを捨てて、研究ばっかりで、楽しそうにしてたんだ」

昴ががたん、と椅子を蹴立てて立ち上がる。自分を落ち着かせるように一度小さく息を吸った。

「すみません……」

長い足が床を蹴って、昴はゼミ室から飛び出していった。

「昴！」

学生たちが唖然《あぜん》とする中、拓己がその背を追って駆け出した。ひろもあわてて立ち上がる。その瞬間、ひろの耳にあの声が飛び込んできた。

――あいたい。


柔らかな声だ。寂しくて胸が引き裂かれそうになる。

ひろには見当がついていた。この声は――きっと昴の父のものだ。

この声は昴に向けられている。どうしたら、昴に伝えることができるのだろうか。

ひろは昴が置いていったパーカーとボディバッグをひっつかんで、拓己を追ってゼミ室を駆け出した。


階段を上がりきった先が屋上だということに、ひろはドアを開けてから気がついた。鉄のドアを開けた瞬間、冬の冷えきった空気が一気に押し寄せてくる。

肌を突き刺すような寒さと、遮《さえぎ》るもののない冴え冴えとしたまぶしい日差しに、思わず目を細める。逆光になったその先に人影が二つ見えた。拓己と昴だ。

拓己が自分のツイードのジャケットを、昴の肩にかけてやっていた。昴が拓己を見上げている。背の高い昴は、ひろよりずっと近い視線で、拓己の顔をとらえているのかもしれない。

ひろは声を掛けようとして、ためらった。昴が手の甲で涙を拭《ぬぐ》っているように見えたからだ。拓己の手が背を優しく叩いていた。

ひろは知っている。あの手は優しくてあたたかい。

自分がこの人の特別なんだと——かんちがいしそうになる。

「——ひろ」

呼びかけられてひろは我に返った。青空を背に拓己がこっちへ駆けてくるところだった。

「研究室から、昴の親父さんの荷物を受け取ってくる。悪いけど昴と二人で、先に下に降りといてくれるか？」

ひろはあわててうなずいた。ジャケットを脱いだ拓己はシャツにニットベストを重ねただけで、寒そうに身を震わせて階段を駆け下りていった。

ひろは昴のもとに駆け寄った。肩からかかっているツイードのジャケットに、どうしても目がいってしまう。昴はくすりと笑って、肩からジャケットを滑り落とすと、それをひろに向かって差し出した。

「ひろちゃん、わたしの上着ありがとう。清尾くんのは、ひろちゃんが返しておいて」

ジャケットを受け取って、ひろはうつむいた。昴の透き通った瞳がじっとひろを見つめている。心の奥底を見透かされているような気がして、目を合わせられなかった。

昴の細い腕がすらりと伸びて、屋上から南側を指した。

「あそこに青くて丸い屋根が見えるの、わかる?」

昴が指した先に、確かに青い丸屋根が見えた。地面に直接お椀を伏せたような、奇妙な形だ。

「あそこ、伏見の科学センターなの。プラネタリウムが見られるんだよ」

昴が悪戯っぽく笑った。

「——清尾くんとわたしが、一回だけデートしたとこ」

ひろは、無意識の内に拓己のジャケットを思い切り抱きしめていた。

昴は屋上の柵に両肘《ひじ》をついて、まぶしそうに青いドームを見つめている。

「清尾くんとは、三年間同じクラスだったんだ」


——同じクラスにいつも話題になる男子がいる。それが清尾拓己だった。中学から続けている剣道で、高校でもすでに頭角を現しているらしい。入学した頃には今の身長に近かったこともあって、女子の会話には必ず上がる人間だった。

——清尾くんて、すごく優しいんよ。

清尾拓己に関わった人間は、皆口をそろえてそう言った。

剣道部のマネージャーになったのは、昴自身が中学時代に剣道をやっていたからだ。それから、何かと拓己とも話すようになった。

　昴の周りにも人は多い方だった。明るくてさっぱりしていて、特定のグループに入るというよりは、誰からも相談を持ちかけられるようなタイプだった。

　その頃、昴の家庭は崩壊寸前だった。

　昴の父は研究者で、夢中になると家を何日も空けて、図書館や大学に引きこもるような人だった。昴はほとんど母に育てられたようなもので、父が帰ってこないのは当たり前だと思っていた。昴が高校に入学したのをきっかけに、父と母は別居を始めた。

そうして、その冬のよく晴れた日。昴の携帯に母からのメッセージが届いた。

　父と母は離婚することになった。

　父のことは大して好きでもなかった。だから今までと変わらない。そう思っていたのに、メールを見た途端に涙があふれた。

　父はわたしと母よりも、研究を取った。それを改めて突きつけられた気がした。

　昴は誰も来ない校舎の裏で壁にもたれて、止まらない涙が地面に吸い込まれていくのをじっと見つめていた。泣くところを誰かに見られるのは嫌いだった。自分が弱い人間だという気がして惨《みじ》めだから。

　だから足音がして、誰かが近づいてくるとわかったとき、内心舌打ちした。うつむいたままの視界に、剣道着の袴《はかま》が見えた。

それが、拓己だった。

拓己は昴を見て一瞬目を見開いた。やがて見てはいけないものを見たかのように、そっとそらす。昴は何も言わずに背を向けた。それ以上そこで泣いているつもりはなかった。

そのとき、昴の腕を拓己がつかんだ。

——泣きたいだけ泣いたらええよ。別に誰にも言わへんし。

拓己はそれから何も言わずに、少し離れたところで壁にじっともたれかかっていた。そこはグラウンドからの視線を遮る場所だった。

昴を見ようとせずに、ただそこにいてくれた拓己の傍で、昴は声を殺して泣いた。

泣きながら昴のとても冷静な部分が、なるほど、と思っていた。これはみんな彼を好きになる。彼の優しさは、自分が特別だと錯覚してしまう優しさだ。

でもそのとき昴は、拓己のその優しさが欲しくて欲しくてたまらなかったのだ。

涙が尽きて真冬の空が茜《あかね》色に染まる頃。

昴は拓己に告白した。

父と母が離婚する。寂しくて悲しくてたまらない。そう言って縋《すが》ったらきっと彼は断れないと昴は直感した。

そしてそれは、その通りになった。

付き合い始めていくらか経った頃、拓己が学校帰りに連れていきたいところがあると誘ってくれた。それが伏見のプラネタリウムだった。

——昴って冬の星の名前なんやろ。

チケットを手渡しながら、拓己が言った。昴の名前は父がつけた名だ。だから好きじゃないと言ったばかりだった。

その日は、冬の星を紹介するプログラムだった。プラネタリウムから出ると空はすでに薄暗くなっていて、ちかちかと星が瞬いていたのを、昴は覚えている。

それを見上げながら、拓己が言ったのだ。

——きれいな星やったな。

人間なんて現金なものだ。拓己のその言葉だけで、昴は自分の名前も悪くないんじゃないかと、そう思えるようになったからだ。

ひろはただ身を硬くして、昴の話を聞いているしかなかった。昴は懐かしそうに目を細めて、青空を見上げた。

「清尾くんは完璧な彼氏だった。いつでも送り迎えしてくれて、一緒にいてくれて……優しかった」

昴がからりと笑った。

「だけどすぐ別れちゃったんだ。春の大会が終わった後ぐらいだったから、三カ月持たなかったな」

ひろは恐る恐る口を開いた。

「どうしてですか……？」

「清尾くんの優しさが、つらくなっちゃった」

昴の声が乾くのは、感情を殺そうとしているときだ。

「傍で見てるとよくわかった。清尾くんが優しいのはわたしだけじゃない。わたしは彼女なのに特別じゃないんだって気がついた。それがつらかったんだ」

ひろは胸が締めつけられるようだった。わかる、とうなずいてしまいたかった。

拓己の優しさは残酷だ。

「同情をかって付き合ってもらって、自分勝手で最低だって思う。……清尾くんもわたしのことが好きっていうより、きっと放っておけなかったんだと思うから」

昴はゆっくりと空から視線をはなした。手にぶら下げていたボディバッグの留め具を、背から回してかちりと止める。昴は身軽だ。そのままどこまでも行けそうだった。

「……どうして、話してくれたんですか？」

「ひろちゃん、わかりやすいから。清尾くんのことが好きなんだよね」

肩が跳ねた。そんなに顔に出ているのか。まさか拓己に気づかれたりしていないだろうか。焦るひろの先に立って、昴は屋上のドアを開けた。

「清尾くんの特別になれる子が、彼を助けてあげられる人ならいいと思う」

拓己の優しさの根本を、きっと昴も知らない。

ひろも同じだ。だから昴はひろに話してくれたのかもしれない。

あなたが好きな人を心から好きでいるには、きっと覚悟が必要なのだと。そう教えてくれようとしたのだ。

昴と連れだって階段を下りると、拓己が待ってくれていた。紙袋に入った本とノート、マグカップを受け取って、昴はあのからからの乾いた声で言った。

「あの部屋はやっぱり処分する。業者さんに頼んで、丸ごと捨ててもらうことにするよ」

拓己は何も言わずにうなずいた。

昴に寄り添うあの優しい声は、今はもう聞こえなかった。

昼間は真っ青に晴れていた空を、夕方になるにつれて厚い雲が覆《おお》い隠し始めた。やがて降り始めたのは冬の冷たい雨だ。雪に変わる少し前のそれは、溶けかけた氷の粒が降り注ぐようで、ぱら、ぱらと硬い音がする。

エアコンのないひろの部屋は、ひどく冷え込んだ。今年から小さな電気ストーブを買ってもらったのだけれど、それでも足りず、ひろは熱々の湯たんぽを抱いて二階へ上がった。

「──シロ」

部屋には人の姿のシロがいた。シロは雨が降ると人の姿を取ることができる。肩につくほどの銀色の髪とすらりと高い背、薄藍《うすあい》の着物の裾《すそ》には、蓮《はす》の花があしらってある。

瞳は月と同じ金色。ひろを見つめて蜂蜜《はちみつ》のようにとろけた。

「北はもう積もり始めている。明日の朝にはこのあたりも少し積もるだろうな」

シロからは冷たい雪の匂いがした。北、とひろはつぶやいた。

「貴船《きぶね》に行ってきたの?」

シロはわざとらしく眉を寄せた。

「……様子見だ。またやっかいごとを持ち込まれるのは困る」

貴船には花薄《はなすすき》という、少女の姿をした水神がいる。秋口の騒動以来、眠ったり起きたりを繰り返しているらしいとシロは言っていた。

シロは時々、様子見だと言って貴船に赴くことが増えた。貴船だけではなく、伏見を離れて大江山《おおえやま》や琵琶湖《びわこ》や比叡山《ひえいざん》と、一人であちこち行っているらしい。

シロの本質は大池の水神で伏見がシロの縄張りのようなものだから、これは少し珍しいことなのだという。

あれこれ見物するのも悪くないと、話を聞かせてくれるから、ひろは最近それを楽しみにしていた。

「わたしも冬の貴船に行きたいな」

見渡す限りの山々に薄く雪が積もって、それは静かで美しい光景だという。凍らない川の水が、積もった雪の隙間を抜けて、差し込んだ光にきらきら光る様など、シロに聞いてから何度も想像した。

シロが音もなく立ち上がった。毛布でひろをぐるりとくるんで、座り込んだ自分の腕の中に、ぎゅうと閉じ込めてしまう。毛布を通してもひやりとした気配が伝わった。

「一人ではやめてくれ。絶対だめだ。おれと一緒に行こう」

シロが肩口に顔を埋《うず》めて、ぽつりとつぶやいた。大型犬にじゃれつかれているみたいだと、ひろは苦笑した。

シロがふと顔を上げた。

「ひろ、またやっかいごとを拾ってきたか？」

すん、と鼻を鳴らす様はますます犬っぽい。

「古い紙の匂いがする」

「うん。今日訪ねたところに、古い本がたくさんあったんだ」

「……それから……犬の匂いもだ」

とどめにシロがむすっとそんなことを言うものだから、ひろはその場で噴き出してしまった。縄張り争いをする大型犬、と思った時点で、だめだった。

「……ひろ」

「ふふ、ごめん。ちょっとシロがかわいくて……あはは」

「かわいい……」

むう、とシロはしばらく考え込んだ。ひろよりよほど背の高い男をつかまえて、かわいい、はよくなかっただろうか。ひろがそう思っていると、シロはうん、とうなずいた。

「悪い感情でないなら、それでいい」

かわいいも格好いいも、人の表現にシロはあまり興味を示さない。ひろがいいと言うなら、それで満足してしまうのだ。

ひろはシロの腕から抜け出すと、机の傍の棚を探った。小さな紙の小箱を取り出す。白い箱を開けると、中には丸いラムネがたくさん詰まっていた。

後ろからのぞき込んできたシロが、目を丸くした。

「よくこんな丸い形にできるものだな」

その目が輝いて、そわそわしているのが手に取るようにわかる。シロは人の手で丁寧に作られたものが好きだ。特に菓子は、和菓子でも洋菓子でも、美しい細工を飽きることなく眺めている。

ひろが一粒手に乗せてやると、金色の目を見開いてまじまじと見つめていた。口の中に入れて真剣にころころと転がしていたようだが、やがてぱあっと顔を輝かせた。

「桃だ……！」

ひろも一粒口に入れた。しゅわ、とほどけたそれは甘い桃の香りがした。

互いに一つずつラムネを食べながら、ひろは口を開いた。

「拓己くんの知り合いの人が来たの。昴さんっていう人。その人の亡くなったお父さんから、葉書が届くんだって。それで、そのマンションに行ってたんだ」

ひろの話を聞いたシロが、長い腕を組んだ。

「犬はそれか」

「うん。ほかにも雀とかたぶん、鸚鵡とか。それから川の音と琴《こと》とか笛の音……誰かが話す声も聞こえた」

昴の傍には、たくさんの気配があふれていた。

生き物の気配もないのに、何かを飼っていた様子がある。昴の父にはひろに見えていた犬や鳥が見えていたのかもしれない。そう言うと、シロがうなずいた。

「その男は死んだんだろう」

「……うん」

「死に近づいた人間は、そういう境目がぼやけていくことがある。ひろや跡取りのように、もともと見えたり聞こえたりする人間でなくても、だんだん見えるようになるんだ」

昴の父の死因は病気だったと聞いた。健康診断でわかったときには、もう手遅れだったのだと。

死に向けてゆっくりと時が進む中で、昴の父は人ならざるものたちと出会った。そうして——しばらくともに過ごしていたのかもしれない。

昴の父が死んで、彼らが後に残された。

「……あの犬とか鳥が、昴さんを呼んだのかな」

昴のもとには亡くなった父からの葉書が届いていた。あの小さな犬や鳥、たくさんの声や気配が、昴に何かを伝えたくて呼んだのだとしたら。

ひろはじっと考え込んだ。

「……もしかしたらあの部屋に、昴さんが見つけなくちゃいけないものが、あるのかもしれない」

シロが不服そうに鼻を鳴らした。

「また探してやるつもりか？」

ひろはうなずいた。

あの男の人の声を聞いてしまった。あれはたぶん昴の父の声だ。寂しそうでそれでも愛《いと》おしそうに昴を呼ぶ声だ。

ひろにしか聞こえないものがあるから、それを本当に必要な人に届けたいと、ひろは思うようになった。

シロは不安そうに眉を震わせて、やがて小さく息を吸った。

「好きにやれ。大丈夫だ、何かあったらおれが手を貸してやる」

ひろは目を見開いた。シロは今まで、ひろが不可思議なものに関わることを、あまり好まなかったからだ。

「いいの？」

「よくはない」

むすっとそっぽを向いたまま、シロはふいに微笑《ほほえ》んだ。金色が、蜂蜜を煮溶かしたようにとろりと揺れる。

「だが、前を見ているひろの方が好ましいと、おれは思う」

シロの瞳にはいつだって黒々とした不安が揺れていた。それは今少しずつほどけている。止まっていた時間がゆっくりと流れ出しているかのように。

それがなんだかうれしくて、ひろは小さくうなずいた。

「ありがとう、絶対見つけるよ」

どこかに昴の父が探してほしい物があるはずだ。ひろには一つ、答えのありかに心当たりがあった。

4

次の日の昼休みを、ひろは友人二人と過ごしていた。隣のクラスの陶子は、陸上部の練習がない日は、一緒に昼ごはんを食べる約束をしている。秋までは中庭のベンチが定位置だったのが、さすがに寒さに耐えかねて教室へ場所を移したのだ。

ひろの弁当は祖母のお下がりの曲げわっぱの器だった。朝食は祖母、弁当はひろの役割だが、昨日の残りものを詰めるだけの日も多かった。

「ひろ、今日はなんなん？」

陶子がじっとひろの弁当をのぞき込んだ。小さな曲げわっぱの弁当にぎっしりとおかずが詰め込まれている。

「昨日は拓己くんのところだったから、実里さんが残りを持たせてくれたんだ」

「なるほど、通りで豪華なわけや。じゃあひろの作品はきっと……この卵焼きと、ゆでたブロッコリーやな」

陶子がにやりと笑った。

残りの蓮根《れんこん》のはさみ揚げと厚揚げと大根の煮物、鶏肉《とり》とハマグリの炊《た》き込みご飯、金柑《きんかん》の蜜漬けは、昨日の清花蔵の夕食で、つまり実里作である。

「……正解。でも卵焼きは上手にできたんだよ」

歴然としたクオリティの差は否《いな》めないが、ブロッコリーはともかく、卵焼きは最近上達を見せているはずだ、とひろは胸を張った。

椿がくすくすと肩を震わせる。

「最初はスクランブルエッグかだし巻きか、ものすご微妙なとこやったから、ひろちゃんも成長したやんねえ」

「……前はそんなにだめだったかな」

ひろは自分の卵焼きをもそもそと口に放り込んだ。

弁当を半分ほど食べた後、ひろは椿の方を向いた。

「椿ちゃんって、古典に詳しいよね」

「そら、古典研究部やしなあ」

椿が首をかしげた。ほっそりとした首筋を黒髪がさらりと流れて、ひろでもどきりとすることがある。この魅力で『椿小町』の名をほしいままにしているのだ。

「今から言うものが、たぶん何かの古典か……とにかく、昔のお話の中に出てくると思うんだけど、わたしじゃ何かわからないんだ」

妙な言い回しに、椿は面食らったようだった。

「それは、何か本に出てくるものってことなん？」

ひろはうなずいた。

昨日シロは「古い紙の匂いがする」と言った。あれがあの部屋に染みついている気配の匂いなら、昴が見つけなくてはいけないものは、きっと古い本だとひろは思った。昴の父が古典文学の研究者なら、そういうものなのではないかとあたりをつけている。

ひろは、昴の部屋で感じたものを一つ一つ上げた。

「小さな犬とか、鸚鵡みたいな鳥。それから、川のせせらぎの音とか、昔の笛の音……」

椿の眉が寄った。

「難しいなあ……」

笑い声や楽器のか細い音、ざわめく喧騒の中で、誰かがささやいた声のいくつかを、ひろは懸命に思い出した。

「――みつくるおりも、はべらむ……それから、こうろほうの、いかならむ……かな」

椿が薄く微笑んで、ことりと箸を置いた。

「それやったら『枕草子《まくらのそうし》』やわ」

陶子が目を見開いた。

「すごいな、椿。ようわかるな……」

「こうろほうの、いかならむ、は、たぶん『香炉峰の雪いかならむ』やね」

椿が机の中からノートを取り出して、すらすらと書き付けてくれた。

「枕草子の作者、清少納言《せいしょうなごん》が、仕えてた中宮定子《ちゅうぐうていし》に問われるんよ。『香炉峰の雪はどうなっているの？』って」

香炉峰は中国の山のことだ。詩人、白居易《はくきょい》が『香炉峰に積もった雪を、御簾《みす》を上げて見る』という詩を読んだことになぞらえて、清少納言は御簾を上げてみせた、という一節だと椿が言った。

「それから、みつくるおりもはべらむ、は……翁丸《おきなまろ》ていう犬の一件の話やったと思う。宮中に翁丸いう犬がいたんやけど、その犬が騒動を起こす話なんよ」

椿の声が弾んでいるのがひろにもわかった。本当に古典の話をするのが好きなのだろう。

「清少納言は、きれいなもの、かわいいもの、いう感じで、ものづくしで書き付けてる段も多いんよ。ひろちゃんが言うた『犬』はたぶん翁丸のことやろうし、鸚鵡とか虫とかもいたと思うよ」

あのとき聞こえていたたくさんの声は、『枕草子』に描かれた、宮中の喧騒だったのかもしれない。

椿がわずかに目を細めた。

「清少納言は、ちょっとひろちゃんに似てるかも」

「わたしに？」

「うん。感受性が豊かで、きれいなものとか美しい自然とか、捉《とら》え方が似てる気がする。読んでると、古い宮中の生活とか景色が目に浮かぶみたいで、わたしはすごく好きよ」

そう言われると途端に読んでみたくなった。古典は苦手分野だけれど、好きなものが出てくるなら読むことができるかもしれない。

「それって、図書館で読めるかな」

ひろは半ば椅子から腰を浮かせていた。とん、と陶子の指が机を叩く。

「ひろ。ご飯終わってから」

じろり、と見つめられて、ひろはすとんと椅子に腰を下ろした。椿がくすくすと笑う。

「ほんま、保護者みたいやなあ、陶子」

「手ぇかかる子で、目ェ離せへんわ」

陶子がため息交じりにつぶやいた。そわそわと残りの弁当を片付けていると、ふいに陶子がひろを呼んだ。

「ひろ、何やってるんか知らへんけど……気ぃつけるんやで」

顔を上げると、陶子も椿もじっとこちらを見つめている。椿も陶子も、ひろが不思議なものと関わっていることを知っている。それでいていつだって、普通の友だちとして接してくれるのだ。

「うん。ありがとう」

ひろは二人の目を見つめ返して、しっかりとうなずいた。

結局昼休みだけでは読み切れず、ひろは図書室で本を借りて帰った。鞄を置くのももどかしく、本を抱えて清花蔵へ駆け込む。

拓己はまだ大学から帰ってきていない。ひろは手伝いに呼ばれるまで、客間で借りてきた本を広げた。

ひろの肩から、シロがするりと顔を出した。

「なんだ、枕草子か」

「シロも知ってるの？」

「ああ、読んだことはないが、いつだったかずいぶんと話題になっていたな」

その話題になっていたのがいつの時代なのかは、ひろには想像もつかない。シロはここが都と呼ばれるずっと昔から、この地に棲んでいるからだ。

枕草子に描かれているものは、確かに昴の部屋でひろが見たものだった。一つ一つ確かめていくうちに、ひろはどっぷりと平安の宮中の世界にのめり込んでいた。

――木の花は、濃きも薄きも紅梅。桜は花びら大きに……藤《ふじ》の花は、しなひ長く、色濃く咲きたる、いとめでたし――……。

ああ、わかるなあとひろは一人うなずいた。藤の花は特に雨に濡れるとぐっと色が濃くなって、長く垂れた先からぽたりと雨の雫《しずく》が落ちるのなんか、とても好きだ。

――……これに薄《すすき》を入れぬ、いとあやしと、人いふめり。秋の野のおしなべたるをかしさは、薄こそあれ。穂さきの蘇枋《すおう》にいと濃きが、朝霧にぬれてうちた靡《なび》きたるは、さばかりの物やはある……。

秋の風にさやさやと薄が揺れる情景が、目の前に浮かぶようだった。

椿が『枕草子』の感性がひろに似ていると言っていた意味がよくわかる。ページを一枚一枚めくりながら、想像して共感して、ひろは心が沸き立つような心地さえした。

シロとともにページを繰っていくうちに、ひろはあるページでふと手を止めた。食い入るように見つめて、ぽつりとつぶやく。

「……これだったんだ」

その一節を指先でなぞった。昴の父が昴に残したもの――そうしてあの部屋にいたものたちが、昴に見つけてほしかったのはきっとこれだ。

ひろははじかれたように立ち上がった。

「どうしよう……昴さん、あの部屋の物全部、処分しちゃうって言ってた……」

とにかく拓己に相談しなくては、と思ったときだった。店表から実里の声がした。

「――お帰り」

拓己が帰ってきたのかもしれない。待ちきれなくて客間から顔をのぞかせたひろは、廊下を歩いてくる拓己を見て目を見開いた。

「ひろ、今日はうちの日やっけ。ただいま」

「……おかえり」

ひろは放心したまままつぶやいた。

拓己は細身のスーツだった。リクルートスーツのような生地ではなく、厚みのある無地のグレーだ。鞄も艶のないレザーで、いつも以上に大人びて見えた。

いつもと雰囲気がちがって、妙に落ち着かない。そわそわしていると、目の前で拓己が苦笑した。

「ああ、これか。改まったところに用事あったんや。堅苦しいてかなんわ」

ひろの足元からシロが顔を出した。人の姿であればにやりと笑っていただろう。

「馬子にも衣装だな」

「……昼間から何してるんや。暇かお前は。ひろ、着替えてくるから客間いてて」

「あ、うん……」

客間に戻ってひろは冷めた茶をすすった。なんだか現実感がない。心ここにあらず、とはこのことだろうか。好きな人のスーツ姿というのは、なかなかの破壊力があるものだと、ひろは深いため息をついた。

いくらか落ち着いて最初に思ったのは、就職活動だったのかもしれないということだ。瑞人が差し出した茶色い封筒のことが、ちらりと頭をかすめる。

四月になればひろは受験生、拓己は四回生だ。ひろは進学すると決めているし、拓己も新しい道を探しはじめる。

あと一年と少し。

なんだか急に寂しくなって、ひろは湯飲みを握りしめた。

部屋から下りてきた拓己に、ひろは本を見せた。付箋《ふせん》を貼ったページを見て、拓己はひろの言いたいことに気がついたようだった。

「あの部屋で聞こえた声の中に、昴さんのお父さんの声があったと思う。昴さんに会いたがってたみたいだった」

そうしてたぶん、あの部屋にいたものたちは、その昴の父の願いを叶えようとしている。

「葉書を送ったのは、その部屋にいるやつらってことか?」

「うん。昴さんのお父さんの筆跡をまねたんだと思う」

切手の貼り方や、文字が乱雑だったのはそのためだとひろは思っていた。

昴の父が、昴と母を捨てて研究を取ったことに、昴が怒っているのはわかる。全部処分して、知らないふりをしてしまいたいのだということも。

「……もしこれも、昴さんにとってつらいことなら、余計なお世話かもしれない」

拓己がひろの肩に手を置いた。

「ひろが昴に伝えて、その先何を選ぶのかは昴が考えることやとおれは思う。選択肢はたくさんあった方がいい。知らないよりは知ってる方がいいと思うから、おれは教えてやってほしい」

ひろは唇をかんでうなずいた。

ひろは、普通の人には聞こえない声を聞くことができる。けれど本当に聞かなくてはいけないことは、目の前にいる人間の声だから。

正解なんてなくて、いつだって迷ってばかりだ。

5

拓己の呼び出しに応じてマンションの前に現れた昴は、ひろが見てもわかるほど、不機嫌そうだった。

「……もう来たくなかったんだけど」

「葉書のこと、そのままやったら気味悪いやろ」

拓己がなだめるように笑う。

「別に。業者さん明後日《あさって》来てくれるらしいから、それでさっぱり終わりにするつもりだったんだよ」

昴の声はやっぱりひどく乾いていた。ひろはうつむきがちだった顔を上げた。

「お願いします。探したい物があるんです」

昴が開けてくれた部屋の中は、相変わらず雑多な気配に満ちていた。けれど今のひろには一つ一つを理解することができた。

さざめくような女たちの声は、宮中の噂をささやき合う女官《にょかん》たちの声。端午《たんご》の節句に喜ぶ喧騒、ころころと鳴るのは鈴虫。それから、足元を駆け回る小さな犬の名は――翁丸だ。

翁丸がぴたりと止まったのは、机の横にあった本棚だった。

たくさんの古典の中で、『枕草子』関連の本はひときわ数が多かった。訳本、研究書、教科書まで様々だ。一つ一つ背表紙を追って、ひろが目を留めたのは、本棚の一番端にそっと差し込まれていた一冊の本だった。

触れれば砕けそうなほどボロボロになった油紙に包まれている。それだけで古い本だとわかった。その本と本棚の端の間に、妙な隙間があった。

ひろがその本を抜き取った瞬間——翁丸も喧騒も、波が引くように消え失せた。

ひろの足元にぱさりと、茶色の封筒が落ちた。厚く膨らんでいる。ひろはそれを拾い上げた。

昴が訝しそうに眉を寄せた。

「それが探し物?」

「昴さんと、お母さん宛だと思います」

ひろが昴に差し出した封筒には、二人の名前が細い万年筆で書かれていた。日付は去年の秋口、昴の父が亡くなる直前だ。

「昴さんのところに届いた葉書は、昴さんをここへ呼ぶために送られたんだと思うんです。……この本と、封筒を見つけてもらうためです」

本からの声が聞こえなくなって、なおはっきりわかる。

柔らかい男の人の声。悲しそうで苦しそうで後悔の混じるそれは、昴の父の声だ。

——あいたい　ごめんな。

本の間に小さなしおりが挟まっている。ひろはそのページを開いた。茶色く変色した本はしっとりした手触りだった。旧字体の活版印刷で、ずいぶん古いものなのだとわかる。

封筒を受け取ろうとしない昴の手に、ひろはページを開いた本とともに押しつけた。

──星はすばる。ひこぼし。ゆふづつ。よばい星。すこしをかし。尾だになからましかば、まいて。


昴がひゅ、と息を呑《の》んだのが聞こえた。

「星はなんといってもすばるが美しい。そういう意味だそうです。お父さんは、昴さんの名前をここから取ったんだと思います。それで、きっとそれを伝えようとしてて……」

図書室の本でこの一文を見つけたとき、ひろは腑《ふ》に落ちた。これは昴の父の想いなのだ。

ひろはその声を聞いて伝えた。

ここからは昴の選択だ。

昴の顔が歪んだ。震える手で本と封筒を受け取って、けれどどうしたらいいかわからないと、そういう風だった。

「……今更許すわけない。病気で気弱になって寂しくなって。わたしとお母さんのこと思い出しただけなんだ。……散々お母さんに苦労させて、捨てたくせに」

――あいたい。

――さみしい。

――ゆるしてくれ。

この声はきっと手紙を書きながらこぼした、昴の父の声だ。渦巻くそれにひろはじっと耳を傾けた。そうして心の中でつぶやいた。

ちゃんと伝えた。でもごめんなさい。もしどちらかを選ばなくてはいけないのなら。

生きている目の前の人の選択の方が、絶対に大切だ。

黙り込んだ昴の背を、拓己の手がそっと叩いた。

「許せへんのもわかる。許さんでもええとも思う」

昴が無言でうなずいた。

「せやけど……もう死ぬてわかったときに、最後に思い出したんが、昴とお母さんのことやったんやて、それだけはわかったってもええんとちがうかな」

結局マンションを出るまで、昴は一言も話さなかった。三人で深草の駅まで歩いて、別れ際にようやくぽつりと言った。

「……お母さんに、見せてみる」

ひろと拓己はそろってうなずいた。

週末の京都駅は人でごった返していた。春節を迎え、中国や韓国からの観光客であふれかえっている。

ひろと拓己は関西空港行きの関空特急『はるか』が停まる三十番ホームで、凛と立つ昴の姿を見つけた。向こうもこちらに気がついて、ぱっと手を振ってくれる。

「ごめんな、ひろちゃんも呼び出して」

キャリーケースは先に向こうに送ってしまったそうだ。昴は黒い小さなリュックサック一つきりで、今日カナダに帰る。

「――あの手紙、お母さんに電話で聞いたら、開けたいって言った。だから読んだよ」

昴の目がきゅうと細くなった。その表情は複雑そうで、まだ納得していないとありありと示していた。

父の手紙は怯えと恐怖から始まっていた。

自分はあと数週間の命かもしれない。このまま一人で死ぬのだとわかって、とても寂しくつらい。どうしてこんな人生だったんだろう。

乱れた筆跡と滲《にじ》むインクが綴《つづ》る、泣き言と後悔と長い懺悔《ざんげ》の後に、文字はふいに落ち着いた。

長い手紙の後半分は、母と昴のことだった。

幼い昴との思い出、母との出会い。覚え書きのように父の几帳面な字で、刻むように書き連ねられていた。

昴が高校生のとき、父は研究を捨てられず家族を捨てることを選んだ。その選択を後悔している。寂しくて苦しくて怖くてたまらない。

「母さんは泣いてたけど、わたしはやっぱり腹が立ったし、嫌いだ。母さんもわたしも捨ててまで研究を選んだくせに……後悔なんてするなって思う」

昴のこの、自分で決めたことは曲げないかたくなさとまっすぐさは、きっと父に似ているのだろう。曖昧《あいまい》に生きるよりよほど気高くて、そして生きづらい。

ひろは昴をまっすぐに見つめた。選ぶのは昴だと拓己は言った。届けるまでがひろの仕事だ。けれど昴はほんの少し困ったように、うつむいた。

「……だけど一番最後の一文だけは、認めてやってもいいと思った」

——遙香と昴がどうか、いつまでも幸せでありますように。

顔を上げた昴が、複雑そうながら微笑んでいた。昴の中で一つ折り合いがついたのなら、それだけでもよかったとひろはゆっくりうなずいた。

関空特急はるかが、ホームに滑り込んできた。昴があっと顔を上げる。

「清尾くん、わたしお土産《みやげ》買うの忘れた」

「は？　いや、土産とか買うタイプやっけ？　ていうか関空で買うたらええんとちがうん？」

「うるさいな。八《や》ツ橋《はし》。ニッキとごまのやつ。二階に売ってるから、早く！　十分で特急出ちゃうよ」

昴が指したのは、ひろたちが今歩いてきた二階の連絡通路だ。拓己《こ》が大げさにため息をついた。

「ひろ、悪いけどちょっと昴といてて」

拓己が足早にホームから離れていく。その背を腕を組んで眺めていた昴が、からからと笑った。

「ほんとにいい男だなあ。優しくて気遣いもできて、おまけに空気も読める」

ひろは昴を見上げた。少し薄い茶色の瞳が、拓己の去った方を目を細めて見つめている。

ああ、嫌だな。この人にはきっと太刀打ちできない。

昴は財布から小さなメモを抜いて、ひろに渡した。メールアドレスとＳＮＳのＩＤが書かれている。

「わたし、しばらくカナダにいるし、たぶん向こうで就職すると思う。今回助けてもらったから、何か手伝えることがあったら連絡して」

昴が快活に笑った。

「わたしも、あっちで不思議なことに出会ったら、蓮見神社のひろちゃんに、お願いするかもしれないし。ひろちゃんはわたしみたいな人を、時々助けてくれてるんだって清尾くんが言ってたよ」

ひろはうつむいた。

「……今回は、余計なお世話だったんじゃないのかなって思います。昴さんに嫌な思いさせただけだったのかも」

昴はきょとんとした後、微笑んだ。

「選択肢はたくさんあった方がいい。選ぶのはわたしだもの。ひろちゃんは、わたしが知らなかったことを教えてくれただけ。知らないより知ってる方がずっといい」

ひろは目を見開いた。昴が悪戯っぽく人差し指を立てた。

「――って、清尾くんに言われた？」

もう一つびっくりした。こくこくとうなずく。

「だってそれ、わたしも清尾くんに言われたことあるから」

高校三年生のとき、昴は進路を諦めて母を助けて就職するつもりだった。その昴の前に、海外留学の制度や大学を調べて、並べてくれたのは拓己だ。

――余計なお世話やったら悪い。でもただ諦めるのと、知って考えた上で諦めるのはたぶんちがう。選ぶのは昴や。

その言葉通り、その先も昴の選択に拓己は一切口を出さなかった。

「ほんと別れた女にまで優しい男やって、呆れたわ」

昴の瞳がふいに真剣になった。

「でも優しいように見えて、全然隙がなくて、いつも気を張ってる――がんばってね、ひろちゃん。わたしが知ってる限り、誰も清尾くんの本当の特別にはなれなかった」

拓己が戻ってきて、昴は手を振ってあっさりとはるかに乗り込んでいった。

ひろの胸の中で、昴の言葉がぐるぐると渦巻いている。ホームを滑り出ていく特急を見つめながら、ひろは唇を結んだ。

改札を出て近鉄《きんてつ》電車の方へ向かうと、改札口に梅の開花情報が張り出されていた。

「ひろ、もう咲いてるて」

「本当!?」

心がぱっと浮き足立つのを感じる。

「今回ひろに助けてもらったし、もうちょっと見頃になったらどっか見に行こか」

北野天満宮《きたのてんまんぐう》に京都御所、随心院《ずいしんいん》、二条城《にじょう》……。

開花情報はまだどれもつぼみか、咲き始めだ。ここにはない梅の花の香を感じた気がして、ひろは顔をほころばせた。

「北野天満宮がいいな。梅で有名なんだよね」

「そうやなあ。上七軒《かみひちけん》が近いから、そこで知り合いがカフェやってて——」

こうして拓己と当たり前のように過ごすことができるのも、あと一年だ。胸の奥がきゅう、と痛くなる。

「——ああ、でもひろ受験生か」

「大丈夫！」

あわててひろは顔を上げた。勉強はやる、梅も見に行くと食い下がる。

拓己が目を見開いて、それから苦笑した。

「わかったわかった。ひろは勉強嫌いやないもんな」

ひろはほっと胸をなで下ろした。

あと一年の、一瞬一瞬が惜しくてたまらない。来年のこの時期は本当に、梅なんて見に行っている時間はないかもしれないから。

「時間あったら、上賀茂《かみがも》さんも回ろうか。それか金閣寺《きんかくじ》行ってもいいし、どっちがいい？」

案内板の前で、拓己は真剣に腕を組んでいた。

ひろの前にも昴の前にも、こうして拓己はたくさんの選択肢を並べてくれる。好きなものを選んで、自分の責任で進んでいけるように。

けれどいつだって一つしか選ばないのは、ほかでもない拓己自身なのだ。

改札を通っていく拓己を、ひろはあわてて追いかけた。

じきに春が来る。一年後――自分も拓己も、何を選んでいるのだろうか。

二 春のかくれんぼ

1

拓己《たくみ》の春はいつも、ほんの少しの寂しさとともにやってくる。

清花蔵《きよはなくら》は冬に仕込みを行う、寒造りの蔵だ。季節労働の蔵人《くらびと》や杜氏《とうじ》は、毎年十月頃にやってきて、四月の末に故郷へ戻っていくのが常だった。

こうした職人たちも、昔に比べればずいぶん減ったそうだ。拓己の父がまだ幼かった頃、先代の清花蔵には蔵人たちが倍の人数はいたという。

四季醸造《じょうぞう》と通年雇用が主流となった造り酒屋の世界で、清花蔵は古い伝統を——よく言えば守りながら、悪く言えば四季で仕込む余裕のないまま、細々と生き延びている。

「——拓己くん、見て！」

呼びかけられて、拓己ははっと顔を上げた。視線の先でひろが顔を輝かせている。

学校が早く終わったひろと拓己は、母に頼まれた買い物に出た。ついでに派流《はりゅう》に寄っていこうと提案したのは拓己だ。宇治《うじ》川派流と呼ばれる細い川は、左右に柳と桜が植えられている。それがそろそろ見頃を迎えているはずだった。

「やっぱり満開だ！」

ひろの声が弾んだ。派流の緩やかな流れを彩るように、満開のソメイヨシノが風に揺れている。岸に降りて見上げると、薄桃色が青空を埋め尽くすようだった。ゆったりと流れる派流には、桜に混じってユキヤナギの白く小さな花びらもゆらゆらと揺れている。

拓己がそっと隣をうかがうと、ひろがうれしそうに笑みを浮かべて桜に見入っていた。

拓己の知っている人間の中で、ひろほど季節を楽しみ、謳歌《おうか》しているものはいない。

毎年繰り返されるはずの春の風に、いつも新鮮だと言わんばかりに目を輝かせ、道ばたのすみれや蓮華《れんげ》の色彩を愛《め》で、風に混じる花の淡い香りを胸いっぱいに吸い込むのだ。

この幼馴染《おさななじ》みから目を離せなくなったのは、いつからだろう。豊かな感受性で季節の移り変わりに感じ入っている彼女を見るたびに、ふいに腕の中に閉じ込めておきたくなる。

拓己は一つため息をついて、胸の前で腕を組んでその衝動を抑え込んだ。

京都市内の桜は、今どこも見頃を迎えている。せっかくだから今度の休みに、ひろと花見にでも出かけようか。ふとそう思ったが、拓己は一つため息をついて首を横に振った。

ひろは高校三年生になった。今年、彼女は受験生だ。

ひろは進学を考えているらしい。勉強は嫌いではないようだから、油断しなければ大丈夫だろう。

来年ひろは大学生になる。拓己も本格的に蔵に入って仕事をすることになる――はずだ。

来年――。

拓己は小さくため息をついた。次の春、京都の桜をまた、二人で見ることができるだろうか。

拓己にとって桜は寂しさと別れの象徴だ。

何度経験しても、この淡い寂しさは好きになれない。


市内の桜がはらはらと散り始めた頃。

拓己は派流の橋を越えて、京阪中書島《けいはんちゅうしょじま》駅へ向かっていた。息を吸うたびに柔らかく甘い麴《こうじ》の匂いがする。拓己が生まれ育った街の匂いだった。

拓己は中書島駅のほど近くにある、小さな剣道道場に通っていた。高校時代、拓己たちを指導してくれたコーチが新しく開いたと聞いて、拓己もそこへ入門したのだ。自宅の広い庭に平屋の道場を造り、近所の小学生や中学生を中心に指導しているようだった。

素振りを終えた拓己は、道場の端に正座で腰を下ろした。竹刀《しない》を置いてふ、と息をつく。

「――拓己、次やるぞ」

目の前に影が落ちて、拓己は顔を上げた。剣道着を着込んだ男が、じっとこちらを見下ろしている。

「なんや仁《じん》、今日は早かったんやな。大学はええんか？」

「この一週間は新入生勧誘期間で、練習もぼちぼちやからな。こっち来たった」

藤本《ふじもと》仁は、高校時代の拓己のライバルだ。京都の北にある男子高校で主将を務めていた。高校で剣道部をやめてしまった拓己とちがい、スポーツ特待生として大阪の大学で剣道を続けている。

去年の春、拓己は一度やめた剣道をもう一度始めることにした。それから週に一、二度大学や蔵の仕事の合間にこの道場に通っている。

それが仁にばれたのは、年が明けた頃だった。

高校の後輩からの告げ口で知ったらしい仁は、「なぜ言わなかった」「早く言え」「一番におれに言うべきだ」などと電話口で散々わめきちらしたあげく、どういう手段を使ったものか、次の週末にはこの道場に居座っていた。

それ以来、何度かこうして道場で顔を合わせている。

拓己は中央に作られた試合場に視線をやった。個人の道場では、一辺約九メートルの試合場を一つ取るだけで精一杯だ。今はそこで小学生たちが、二人ひと組で地稽古《げいこ》に励んでいた。

「ええけど、あいつらが先やで。終わるまで待ったってや」

子どもが中心の道場で、半ば指導係と化している拓己としては、彼らの稽古が優先だ。

仁がにやりと笑った。

「でも、期待されてるで」

ほら、と仁が指した先で、いつの間にか子どもたちがそわそわと正座し始めていた。

子どもばかりの道場では、拓己と仁は憧れの的だった。体格もよく、高校時代は全国クラスだった二人がぶつかる試合は迫力がちがう。期待に満ちた視線を注がれて、拓己は嘆息した。

「わかったわかった」

だが仁との試合は拓己にとっても楽しみの一つだ。竹刀の柄《つか》を握りしめる。この体中に気が満ちる感覚は、ほかでは味わえない。

拓己は仁と顔を見合わせて、そろって試合場の中へ足を踏み入れた。

——結局、道場の試合で仁には一度も勝てていない。

相手は現役、対してこちらは週に一、二度道場へ通って、高校で時折指導する程度なのだから当然だ。

散々に負けた後、面を外して汗を拭《ぬぐ》いながら、拓己は「悔しいな」とつぶやいた。

「卒業したら、もうちょっとちゃんと戻そかな……負けっぱなしは腹立つし」

途端、隣で同じように汗を拭いていた仁が、ぱっとこっちを向いた。

「ほんまか？　やったら、来年はおれもこっちに通おかな」

二人して立ち上がると、道場に一礼して廊下に出る。荷物置き場兼休憩所のようになっている縁側に、二人して腰掛けた。拓己はペットボトルの水でひとしきり喉《のど》を潤して、隣の仁を見やった。

「お前、剣道は大学で終わりか？」

「そんなわけあるか。寺やりながら、続けるに決まってる」

「そうか、自分とこ継ぐんやったな」

仁がうなずいた。

「そのうちほかの大きいとこに修行に行かせてもらうかもしれへんけど、とりあえず家やな。弟らも小さいし、親父もはよ手伝えてうるさいんや」

そうか、と拓己はぼんやりと道場の庭を見上げた。正直うらやましいと思うこともある。拓己の父は、拓己が蔵を継ぐことを実のところどう思っているのだろうか。

「拓己は蔵入っても、ここ通うんやろ。そやったらおれもこっち来る。そのうち公式戦も参加しようや」

「……おれは」

どうしようかな、と自然に口から零《こぼ》れ落ちた。高校生のときから仁に対しては気負うところがあまりない。同じ主将という仕事を負ってきたからかもしれないし、どこか似通っているところがあるのかもしれない。

「どうしよて、拓己も蔵継ぐんやろ？」

仁が意外そうに言った。拓己が困ったようにまなじりを下げる。

「一つだけ会社受けようと思てる」

兄の持ってきた会社だ。受けるつもりは全くなかったのだけれど、どういう手回しをしたものか、父が説明会だけでも聞きに行けばいいと言ってきた。

渋々説明会だけ、と思って行ったら、それが案外面白そうだったのだ。

誰もがよく知っている食品メーカーで、最近はコンビニやスーパーを中心に、伝統産業とコラボレーションした商品を数多く出している。その試みに拓己は心引かれた。

兄の手のひらの上を転がっているようで釈然としなかったけれど、受けてみるだけはいいかと、思ってしまったのだ。

「落ちたらそれまでやと思てるんやけど……もし内定もらっても、行くかどうかは正直、迷ってる」

仁はそうか、と小さくつぶやいた。

「まあ、それも悪ないんとちがうか。最初から決まってる道を行くのと、ちゃんと自分で選んで決めるいうのは、結果が同じでも意味がちがうやろ。どうせやったら悩んでみたらええと思うけどな」

それまでの真面目な顔から一転して、仁がニヤっと笑った。

「それにしたって、拓己が蔵以外に興味持つて、やっぱりあの子の影響か？　ひろちゃん。最近かわいいなったて聞くし」

「は？」

拓己の額にぎゅっと皺《しわ》が寄った。

「いや、顔怖いわ」

「誰から聞いたんや」

「お前んとこの後輩。言うとくけど、有名なんはひろちゃんやなくて拓己やからな。〝清《きよ》尾《お》先輩〟の幼馴染みの女の子、いうことでひろちゃんも目立ってしもてるだけで」

拓己はなんとも微妙な顔をするしかなかった。目立つことが苦手なひろが、学校で何か不都合が起きていなければいいけれど、と小さく嘆息する。

「ひろちゃん、ふわーっとしてるけど、お前よりよっぽど視野広そうやからな」

拓己はむっと口をつぐんだ。相変わらず鋭いやつだと、心の中で舌打ちする。

ひろの見ている世界が、拓己のそれよりよほど広くて自由で美しいものだということは、もうずいぶん前から気がついていた。いや……もしかすると、幼い頃からずっと知っていたのかもしれない。

だからおれの方が、ずっとひろを知っているんだ。

なんだか無性に腹立たしくて、拓己はじろりと一度仁を睨《にら》みつけておいた。

そのとき、縁側をぎしりと踏みしめる音がした。

「――拓己」

剣道着姿でこちらへ歩いてくるのは、重田康智《しげたやすとも》だった。拓己と仁は同時に立ち上がった。

康智はこの道場の主で、拓己の高校時代のコーチだった。拓己たちより六つ年上で、昼までは近くのパン屋で働いている、パン職人でもある。

刈り上げた黒髪はコーチ時代から変わっていない。目尻のやや下がる温和な顔立ちをしているが、その指導は容赦《ようしゃ》がなかった。現役時代に散々しごかれた思い出がよみがえって、自然と背筋が伸びる。

「仁もおつかれさん。遠いとこありがとうな」

「うっす」

仁がやや緊張しているのは、現役時代の合宿で調子に乗って試合を挑み、瞬殺された記憶でもよみがえっているからかもしれない。このご時世道場を開くだけあって、康智は強かったし、今でも社会人剣道で活躍している。

「拓己、うちの代に水原《みずはら》ていたん覚えてるか？　水原蒼太《そうた》」

拓己はうなずいた。

康智と同じ代のＯＢだから拓己たちとの在籍は直接かぶっていない。だが康智とともによく指導に来てくれた先輩の一人だ。

「蒼太さんがどうかしはったんですか。大学卒業して就職しはったて聞きましたけど」

「今は仕事やめて、新しいこと始めるんやて。それで、お前をご指名」

「おれを？」

拓己と仁はそろって顔を見合わせた。

2

バスを降りるとすぐに、ぶわりと強い春の風が吹いた。たくさんの花の香りが混じっているのが拓己にもわかる。

「わぁ……」

聞こえた感嘆の声に、拓己は傍《かたわ》らを見下ろした。

ひろが風に遊ばれている黒髪を押さえながら、思い切り息を吸い込んでいる。風の中にかすかに香る花の匂いを、とらえようとしているみたいだった。

ひろの着ているぶかぶかの真っ白なパーカーと、柔らかな素材のピンクベージュのワイドパンツは、いつも見慣れている制服姿より少し大人びて見える。

「その服似合《にお》てるな。春らしいし」

「本当？　陶子《とうこ》ちゃんと椿《つばき》ちゃんと一緒に、買いに行ったんだよ」

いつもの友人の名を出して、ひろはうれしそうにはにかんだ。

ひろの母、誠子《せいこ》は都会的でとてもおしゃれな人だ。すらりとしていて、いつも高いヒールを履《は》いていた。体のラインに沿うような、タイトスカートやワンピースを着ていたのを覚えている。

ひろも同じだ。自分に似合う服をよく知っている人だと、拓己は思っていた。

センスは少し母と似ている。穏やかな自分の気質に合った服を、無意識に選んでいるように見えた。

拓己は、バス停から見える城南宮《じょうなんぐう》を指した。

「城南宮のしだれ桜、ちょうど満開なんやて」

「ほんと!?」

ひろの目が期待に見開かれたのがわかった。緩んだ表情を、あわててきゅっと引き締めている。

「だけど拓己くんの先輩のところが先だよ。城南宮はついでだって……」

それでもちらり、と鳥居に目をやったのが丸わかりで、拓己は噴き出しそうになった。

「蒼太さんとの約束は、もうちょっと後やから。先行かんとお庭閉まってしまう」

ほら、行こう。そう言うと、ひろの顔が今度こそ輝いた。目の奥がうずうずと期待に満ちているのがわかって、今にも鳥居の向こうに走り出してしまいそうだ。

本当はひろを誘うつもりはなかった。今年受験生のひろを邪魔できないと思ったからだ。けれど昨日の夕方、清花蔵で受験勉強をしていたひろが、ちらちらと派流の方角をうかがっているのを見かねて、声をかけてしまった。

派流の桜は今年、もうほとんどが散ってしまった。だから今日中にその過去問を終えたら、明日用事に付き合ってくれないか。代わりにしだれ桜で有名な、城南宮の庭を見物しに行ってもいいかもしれない。

その瞬間、ひろはふわっと花が咲くように笑った。

——この表情が見たくて、どうにも甘やかしてしまう。

拓己は心持ち早足で前を歩くひろを見つめて、己に苦笑した。

城南宮には以前一度、ひろとも来たことがある。神社の広大な敷地の大半が庭園で、季節ごとに植えられた草花が見所だ。冬の椿、早春の梅と桃が終わり、ソメイヨシノの後は、しだれ桜が盛りを迎えている。

ぐるりと巡った最後に、広い芝生の庭があった。茶室と鯉《こい》の泳ぐ池があるそこに、大きなしだれ桜がある。

柔らかな枝に薄桃色の花が列をなしている。その重みで枝の先は地面に触れてしまいそうなほどしなっていた。柔らかな芝生にはぽつぽつと花びらが散っていて、時折吹く風に乗って、くるくると踊っている。

「――ずいぶんと懐かしい場所だな」

もう聞き慣れてしまった声がして、拓己は眉をひそめた。ひろのフードからシロがひょっこりと頭だけをのぞかせている。拓己はため息をついた。

「いてたんか、白蛇《しろへび》……」

この白蛇は、京都の南にかつて広がっていた、広大な池の水神だという。『大池』と呼ばれていた巨椋池《おぐらいけ》が干拓された後、地下水の中で細々と生きてきた。十年前の断水の夏にひろに助けられて、それ以来こうして取り憑《つ》いて――少なくとも拓己の意識ではそうだ――離れない。

本当はとても恐ろしいもののはずなのに、ひろの前では借りてきた猫のようにおとなしい。最近ひろが言うにはどうやら、飼い主に懐いている大型犬に見えるそうだが。

ひろがくすっと笑った。

「シロも来たいって言うから、フードから出ないって約束でいいよって言ったの」

「約束は守るぞ――ひろとの約束だ」

その蜂蜜《はちみつ》のようにとろりととろける瞳は、ひろへの執着の証《あかし》だ。それに約束、という言葉もよくない。

「ひろ、簡単に約束するんも、させるんもあかん」

口うるさいか、と思いながらもつい言ってしまう。シロのようなものとの約束は、とても恐ろしいことだと知っているから。

ひろは人間とそうでないものの境目が、拓己たちよりずっと曖昧《あいまい》だ。ともするとあちらに手を引かれてふらふら連れていかれてしまいそうな気がするから。拓己はいつも、気が気ではないのだ。

フードの中で、シロは興味深そうにきょろきょろとあたりを眺めていた。

「鳥羽殿《とばどの》も、今はこんな風になっているのか」

拓己とひろはそろって「鳥羽殿?」と首をかしげた。

「シロは昔、このあたりにも来てたの？」

ひろがそう問うと、シロの金色の瞳が深い色を帯びる。

「――ああ。ここはかつて、極楽浄土だったたんだ」

シロは時々、拓己やひろたちの知らない時代の話をする。想像もできないほど長く生き、人とともに暮らしてきたからだ。

「昔は鴨《かも》川も桂《かつら》川も宇治川も、今とは少し流れがちがったんだ。鴨川は今よりもっと東側を流れていて、ちょうどこのあたりで桂川と交わっていた。そこに離宮ができたんだ」

平安時代の中頃、白河《しらかわ》天皇という帝《みかど》がいた。彼はその位を次代に譲ったのち上皇となり、この地に広大な離宮を築いた。通称『鳥羽殿』。今では鳥羽離宮と呼ばれている。

彼はそこに当時盛んだった、仏教の思想を反映した広大な浄土庭園を造ろうとした。

「まるで都がそのまま遷《うつ》ったようだというから、おれも見物に行ったんだ。さすがに帝が造る庭はちがうな――壮観だった」

一キロ四方の広大な敷地の中に、鴨川や桂川を利用した大きな池を造り、そこに舟を浮かべて舟遊びを楽しんだという。何棟もの建物や院が築かれ、その華やかな様子は、まるで都そのものだった。

ひろは目を輝かせて、シロの話に聞き入っていた。

「シロも舟に乗った？」

「いや。だが下から、揺らしてやったことがある。えらそうな服を着た男を何人も池に落としてやった」

「それは、きっとびっくりしただろうね……」

「ちょっとした悪戯《いたずら》だ」

シロはニヤリと笑った。

シロはずいぶん穏やかになったと、拓己は思う。触れれば切れてしまいそうな鋭利な空気と蜂蜜を煮溶かしたようなどろどろの執着心は、少しずつ薄れてきている。代わりに昔のことを穏やかに語り、あたたかみを増した金色の瞳でじっとひろを見守っている。

シロがするりとフードから伸び上がった。

「ひろ。おれは鳥羽殿をもう少し見物したい。ここで離れてもいいか？」

ひろがいるときに、シロが離れたいと言い出すのは珍しかった。約束があるからか律儀にひろに頼んでいる。ひろはうなずいて、人目につかない庭の端にそっとシロを放した。

「ずいぶん丸なったなあ、白蛇も」

「シロもいろいろ考えてるみたいなんだ」

ひろの話では、遠くに出かけることも増えたそうだ。美しい花やひろの知らない土地のことを、時折語って聞かせてくれるらしい。

大池が埋め立てられてから、シロは一人きりで地の底に潜っていた。そこからすくい上げてくれたひろに執着し、そうして今ゆっくりと、自由だったかつての姿に戻ろうとしているのかもしれない。

「シロもいつか、どこかに行っちゃうのかな」

ひろの唇からぽつりとこぼれたそれは、ほんの少しの寂しさを帯びていた。


城南宮の南西、国道から少し離れた場所が、水原蒼太の家だった。住宅地の一角だが、周囲の家に比べれば倍ほどの広さがある。生け垣の向こう側の右半分には、二階建ての古い木造の家が、もう半分は庭なのだろうか、青いビニールシートで全体が覆《おお》われていた。

二人を招き入れてくれた蒼太は、からりとした明るい笑顔を浮かべて、拓己を見上げた。

「相変わらずでかくて腹立つわ。多少は縮んだか思たけど変わらへんな」

「蒼太さん、おれらの現役時代からそればっかりですね」

百六十センチほどの蒼太は、男にしては小柄だ。現役時代から百八十センチ近かった拓己は、そういえばいつも八つ当たりされていたと、思い出して肩をすくめた。

この蒼太から一本取るのは、現役のときの拓己でも難しかった。康智と二人、高校時代は全国で相当いいところまで行ったと聞いたことがある。

蒼太は、ちらりと拓己の傍らに視線をやった。訝《いぶか》しそうに首をかしげる。

「お前の彼女、大丈夫か？　ずっとぼーっとしてるけど」

「彼女やないです。はす向かいに住んでる幼馴染みで、花見ついでに付き合ってもろたんです」

蒼太の家は古く、建てられてから百年近いという。古い木の匂い、ぎしりと柱が軋《きし》む音。家の窓の外には小さな庭が広がっていた。丁寧《ていねい》に整えられた芝生の上にパンジーやビオラのプランターが並んでいる。その向こうは木のパーティションで目隠しされていた。

風通しのよい家に、ふわりと庭の花の香りが吹き込んでくる。

そういうものを、ひろは楽しんでいる。

「気にせんといてください」

拓己は、不思議そうな顔をしていた蒼太にそう言って苦笑した。

蒼太があたたかな紅茶とクッキーを用意してくれた頃。庭に夢中だったひろは、蒼太に笑顔を向けた。

「すごくすてきな、おうちとお庭ですね」

蒼太が破顔する。

「三岡《みつおか》ひろちゃんやっけ。話わかるやん。拓己、ええ彼女やんか！」

「だからちがいます」

きっぱり言い切った拓己ににやにやしながら、蒼太は本題に入った。

この家は蒼太の祖父母が暮らしていた家なのだという。二人とも健在だが、歳《とし》も歳だということで、向島《むかいじま》にある蒼太の実家に同居することになった。さて、この家が余るということで、どうせ売るなら自分に売ってくれと名乗りを上げたのが蒼太だ。

「脱サラして古民家カフェやろう思て。今リフォーム中なんや。それで、お前に声かけた」

拓己はきょとんとした。

「うち、酒蔵ですけど」

「うん。コーヒーと紅茶、それから、夜からは日本酒使ったカクテルをやろうと思てんの。和菓子とかチョコレートにあわせて出すつもりなんよ。せっかく伏見《ふしみ》やし、どっか卸してくれるとこないかと思てたときに、お前が康智の道場にいてるて聞いたから」

なるほど、と拓己はうなずいた。清花蔵としても卸先が増えるのはありがたい話だ。

「ちょっといろいろあって、工事止まってしもてるから、オープン日も未定なんやけど……準備だけしたくてな」

そういうことなら父に話を通す前にと、拓己と蒼太で細かいところを詰め始めたとき。

ひろが蒼太に声をかけた。

「あの、お庭に出てもいいですか？　芝生のあっち側に行きたいんです」

ひろが指したのは、プランターが置かれている芝生ではなく、パーティションの向こう側だった。蒼太が不思議そうにぱちりと瞬《まばた》きをした。

「ええけど、あっち工事中やから何もないで？」

あのブルーシートで覆われていた部分だ。いいんです、とひろはぺこりと頭を下げると、リビングを出て行った。玄関が開く音がして、やがて窓の向こうにひろが現れる。そのままパーティションの向こう側に消えていった。

「庭も改装中なんですか？」

拓己が問うと、蒼太の顔がわずかに曇《くも》った。

「芝生を広げてテラス席にする予定やったんやけど……」

「もしかして、工事止まってるて、庭のことですか？」

拓己が眉を寄せて問うと、蒼太がうなずいた。

「あそこ元は蔵で、それを潰したんや。その下からなんや妙なもんが出たんやて。それで緊急発掘て言うんやっけ？　一回ちゃんと掘って調査せなあかんてなったんや」

ああ、と拓己はうなずいた。家を建てるために地面を掘った際、遺跡や遺物にぶつかったというのは、このあたりではよく聞く話だ。

「難儀ですね。このへんやと鳥羽離宮の遺跡ですか？」

「そうらしいわ。はよ再開してほしいんやけどなあ……」

蒼太はがしがしと短い髪をかき混ぜた。この様子では相当時間のかかることになっているのかもしれない。

拓己と蒼太でメニューのアイデアを出し合った後、本格的な相談はオープンの日が決まってから、また後日ということになった。

拓己が玄関でひろを呼ぶと、庭のパーティションの向こうから、ぱたぱたとこちらへ走ってくる。戻ってきたひろはどことなく楽しそうで、口元に微笑《ほほえ》みが浮かんでいた。

蒼太に見送られながら、拓己とひろは水原家を後にした。

ふいに、ひろが蒼太の庭を振り返って、ぽつりと何かつぶやいたような気がした。

「――……そく……だよ」

聞き取れなかったそれに、ふいに拓己の胸の中を不安がよぎった。

「ひろ」

ひろがぱっと拓己を見上げた。憧れと信頼がありありと見て取れるその瞳にまっすぐ見つめられて、拓己は言いたかったことをぐっと飲み込んだ。

「……なんでもない。帰ろか」

「うん！」

何かあったのか？　危ないことか？　おれには話せないのか？

あふれる胸の内を押し隠して、拓己はいつも通りに笑ってみせた。こんなにどろどろとした胸の内はまるで――かつてのシロのようだ。

そう気がついて、自分自身にぞっとした。


清花蔵に戻ってからのひろは、妙に楽しそうだった。珍しくさっさと食事を片付けたかと思うと、母と二人で台所にこもってごそごそと何事かやっている。いつもはこのぐらいの時間、拓己と二人でデザートでも食べながら、のんびり過ごしている頃だ。

茶をすすっていた拓己の向かい側で、杜氏の常盤《ときわ》がにやりと笑った。

「拓己、顔」

「なんですか」

「飼い主においていかれた犬みたいになってるで。ひろちゃんに構ってもらえへんで、そんな寂しいか」

拓己は苦々しい思いで目をそらした。

「あいつ受験生やのに、のんびりやってて大丈夫か、思てただけです」

そうかそうかと、常磐が豪快に笑った。祖父の代から清花蔵で杜氏を務めている常磐は、拓己にとっては祖父より身近だった。七十五歳を超えているとは思えない壮健な体つきで、顔に無数に刻まれた皺だけが年相応に見える。

にやにやしながら酒をあおっていた常磐が、ちらりと台所に視線をやった。

「――実里《みさと》ちゃん、楽しそうやな。ひろちゃんのこと娘みたいに思てんのやろなあ」

「うちは男兄弟ですし、兄貴は普段おらへんし。それでなくてもこの時期、男ばっかりですからね」

拓己は常磐のお猪口《ちょこ》に徳利《とっくり》から酒を注いだ。酒の度合いを間違えたのか、珍しく常磐の目尻が赤くなっている。一通りの仕込みを終えて、少し気が抜けているのかもしれない。

常磐が酒を一気に飲み干した。

「こんなこと言うたらあれやけど、実里ちゃんが楽しそうやとなんやほっとするわな。……幸《さち》さんがいたはった頃には、考えられへんかった」

拓己は何かを言おうとして、結局口をつぐんだ。無言で再び徳利を常磐に差し出す。

清尾幸は拓己の祖母だ。若い頃に北山《きたやま》の商売人の家から、清花蔵に嫁いできたそうだ。

それ以来、祖父と二人で清花蔵を支え続けてきた。人にも自分にも厳しい人で、農家から嫁いできた母とも折り合いが悪かった。

拓己が祖母を思い出すとき初めに出てくるのは、兄の後ろに寄り添って、その細い腕を兄の両肩に乗せている姿だ。いつも落ち着いた色の着物か、仕立てのいいワンピースだった。

歳の割には皺の少ない顔で、たぶん若い頃は美人だったのだろう。笑うときれいだったんだと、父が言うのを聞いたことがある。けれどその祖母の笑顔を、拓己は知らない。

拓己が覚えているのは、いつも厳しかった祖母の顔ばかりだ。それがほんの少しほころぶのは――兄が傍にいるときだけだった。

――うちには、瑞人《みずと》がおるさかいな。

腹の底でぐるりと何か嫌なものがうずいた。長い間見ないふりをしてきたものだ。

内蔵の前で兄とともにいる祖母と、それを遠くから見ている幼い自分。ここは兄のもので、おれには何もなくて――。

息もできないほどの焦燥を思い出した。

がたん、と音がして拓己は我に返った。持っていたはずの徳利が卓の上に転がっている。

幸い中身はほとんど空で、大惨事《さんじ》は免《まぬが》れたようだった。

「……すいません。お代わりもらってきます」

拓己が立ち上がると、常磐がちらりとこちらに視線をよこしたのがわかった。

「三つ子の魂《たましい》なんとやら……やなあ、拓己」

そこにはいつものからかうような雰囲気はなく。ただ静かにじっと拓己を見つめている。

「おれら杜氏は蔵元さんとこのことは、何にも言われへんけどな。お前、もうちょっと楽に生きたかてええんとちがうか」

「いややな、常盤さん。おれは十分、思い通りに生きてますよ」

曖昧に笑って空の徳利を持った拓己は、食事の間を出た。自分でも、逃げたとわかっていた。

台所には甘い匂いと焦《こ》げた匂いが充満していた。ひろと実里が、テーブルの上を難しそうな顔で見つめている。

「何やってるんや」

ひろがはっとこっちを向いた。

テーブルの上には、オーブンの天板が置かれていた。その上に、ひいき目に見ても茶色が過ぎた、何かのなれの果てが一列に並んでいる。隣で実里がころころと笑い始めた。

「これ、ひろちゃんの作品。さっきは上手くいったのになあ」

「……焦がしちゃって」

ひろがぐっとうつむいた。

「クッキーか、これ」

比較的マシなものを一つつまむ。ひろがあわてたように手を伸ばした。

「だめだよ。失敗したの。抹茶《まっちゃ》のクッキーなんだけど……」

「抹茶なんや……さすがにこれだけ焦げてると、わからへんな」

あわあわとしたひろに、思わず拓己の顔がほころんだ。最近いろいろなことに挑戦し始めたこの幼馴染みは、ただ持って生まれた不器用さだけは未だ克服できないらしい。

拓己は焦げたクッキーを口に放り込んだ。抹茶の香りはほとんど消し飛んでしまって、度を過ぎた香ばしさが鼻を抜ける。

思わず眉をひそめた。

「……ああ、うん……美味《うま》ないわ」

多少ゲタを履かせてやろうと思った感想は、そのまま口から滑り出た。ひろが顔を真っ赤にして、唇をとがらせた。

「ちゃんとわたし、失敗したって言ったよ。拓己くんが勝手に食べたんだから」

「ごめんて。成功したやつは？」

「見る!?　さっきのはおいしくできたんだよ！」

ぱっと輝いた顔は、今までのがっかりした様子などどこかに行ってしまったようだった。ころころと変わる表情は、素直なひろの心をそのまま表しているようで、どこか安心する。

東京から京都に来た頃のひろは、感性ばかりが鋭く豊かで、感情も表情も何もかもそれに追いついていなかったように思う。それがこの土地でゆっくりと開いていくのを、拓己はずっと傍《そば》で見てきた。

先ほどまでのほの暗い感情が、腹の底にゆっくりと沈んでいくのを感じる。

成功したという、それでも妙に甘さの際立つクッキーを、拓己は口の中でかみ砕いた。

「うん。こっちは美味い」

ひろが、ほっとしたように母と笑い合う。この子はおれがいないとだめなのだと、いつまで思い込んでいるつもりなのだろう。

あと一年。あと少しはまだ、手の届くところに彼女はいる。この心地よさは突然失われたりはしない。

だから大丈夫だと——そう思っていた矢先だった。

3

次の週の土曜日の夜、血相を変えたはな江《え》が、清花蔵に駆け込んできた。

清花蔵の夕食はすでに終わっていて、蔵人たちが食事の間で集まって、だらだらと飲んでいた頃合いだ。大人たちの飲み会を一足先に辞した拓己は、ちょうど風呂から上がったばかりだった。

はな江の顔は、ひどく汗をかいているのに血の気が引いて蒼白《そうはく》だった。いつもきっちりしている彼女には珍しく、着物の裾《すそ》も帯も乱れている。

「こっちにひろが来てへんやろか」

出迎えた父の正《ただし》が眉をひそめた。

「来てへんけど。ひろちゃん、どうしたんや？」

「……あの子、帰ってこうへんの」

昼に出かけたひろは、夕方には帰ると約束していったそうだ。友人と花見に行くと言ったらしい。

いつの間にか玄関先には、蔵人たちが集まり始めている。うちの一人が言った。

「ひろちゃんも高校生やろ。話が盛り上がって、帰る時間忘れてるんとちがうんか？」

拓己はスマートフォンの時計を見た。時間は夜の十一時を回っている。

「……ひろに限ってありえへんと思う」

もしそうだとしても、遊んでいる友人が椿や陶子なら、しっかりした子たちだから、そちらから必ず連絡が入るはずだ。

「はな江さん、ひろの携帯は？」

言いながら、拓己は片手でひろに電話をかけている。はな江が力なく首を振ったのと同時に、「電源が入っていない」とアナウンスが流れた。

それからは大騒ぎだった。蔵人たちが手分けして、あちこち探しに出始めた。はな江の傍には実里がついていたが、落ち着いていられないのだろう。茶を出してみたり知り合いのところに電話をかけてみたりと、立ったり座ったりを繰り返している。

「母さん、おれも行ってくる」

拓己は着替えてスニーカーに足を突っ込んだ。

「あんたも気ぃつけるんよ。ひろちゃん、もしかしたらお花とか見たいて……川の方行ったんとちがうやろな……それで……」

その先、実里は引きつったように、小さな悲鳴を上げた。

伏見港公園も派流も宇治川の土手も、桜は散ったが、ひろの好きそうな美しい花が咲いている。一瞬血の気が引いたものの、拓己は首を横に振った。

「……川やったら、むしろ安心なんやけどな」

妙な顔をした実里を尻目に、拓己は外へ飛び出した。

外に出た拓己は蔵人たちに適当に言い訳をして、その足で蓮見《はすみ》神社へ向かった。空を見上げると、煌々《こうこう》と星が輝いている。雨はしばらく降りそうにない。

「白蛇！」

何度か呼んで回ると、後ろで小さな声がした。

「——跡取り」

境内《けいだい》の小さな池の傍に、シロはいた。拓己は一瞬体から力が抜けた。ほんの少し——シロがひろをどこかへやってしまったのかもしれないと思っていたからだ。

シロはその透明な鱗《うろこ》を、不安そうにふるりと震わせた。

「……ひろがいないんだ」

拓己は目を見開いて、シロをひっつかんだ。

「おい、お前ひろを見つけられるんとちがうんか？」

少なくともひろには『水神の加護』がある。川に落ちたひろを、シロが——龍《りゅう》の姿ではあったけれど――助けたのを拓己も見た。東京にいたときも、この力がひろを守っていたそうだ。

だから川の傍ならむしろ安心だ。そうでなくても、シロならひろを見つけることができる。そのはずだった。

「……どこにもいない」

シロの金色の瞳が、言いようのない感情を孕《はら》んでいる。不安と恐慌《きょうこう》と怒りがない交ぜになったように揺れていた。

「迷子とか、どっかで動けへんようになってるとか、そういうことやないんやな」

それなら、絶対にシロが見つける。そうでないのなら――。拓己は歯をかみしめた。それでは、おれたちがどれだけ探してもきっとだめだ。

「何かが、ひろを隠したんだ」

シロが絞り出すようにつぶやいた。

次の日の朝、表向きは警察に相談するはな江につきそう、と言い訳をつけて、拓己は蓮見神社を訪れた。母は一睡もできなかった様子で、朝から派流を見に行ったりしていたようだった。

寝ていないのは拓己も同じだった。目の奥がずん、と重い気がする。

拓己はパーカーにデニム、スニーカーで、黒のボディバッグを胸に回していた。

「おとなしくしとけよ、白蛇」

ボディバッグには、携帯と財布を端に寄せてシロが居座っている。シロも一晩中ひろを探し続けたらしい。今朝拓己のところへ戻ってきたときには、口数も少なかった。

「……お前の鞄《かばん》に入るなど屈辱《くつじよく》的だが、今日だけだ」

「おれも鞄にお前なんか入れたないわ」

だが少なくともひろを見つけるためには、この白蛇が頼りだ。

「――警察に届けても、意味がないとおれは思います」

神社を訪ねてくるなりそう言った拓己の意図を、はな江は正しくくみ取ったようだった。力が抜けたように畳《たたみ》の上に座り込む。はな江の着物は昨日のまま、蓮見神社を訪ねて、茶も菓子も出てこないのは初めてだった。

「拓己くんは、どうしてわかったんやろ」

「……ひろの傍にいたやつが、教えてくれました」

はな江は不思議がるでもなく、「そう」とうなずいた。

ひろの傍にシロがいることを、はな江はもう気がついているのだろう。はな江がいつも買ってくる菓子が、いつからか数が増えたとひろも言っていた。

「……ひろ、昨日お花見に行くて言うてたの」

友人と約束があると言っていたそうだ。

「ほら、先週実里さんにクッキーの作り方を教わったやろ。金曜の夜は台所で夜遅うまでクッキー焼いてて……お花見に持っていくんやて」

ここ一週間ぐらい、ひろはずいぶん楽しそうに花見の準備をしていたという。

ほら、とはな江は客間に置いてある小さな花瓶《かびん》を振り返った。そこには、花がいくつかついた桜の枝がさしてある。

「その枝も、志摩《しま》さんとこからひろがもろてきたんよ。二本もろてきて、そのうち一本を花見の日に持っていったん」

志摩は宇治の庭師だ。清花蔵や蓮見神社の庭を手がけてくれている。

「花見やのに、桜の枝を持っていったんですか？」

拓己とはな江は同時に首をかしげた。

「そういうたらそうやなあ……それにソメイヨシノはもう終わってしもたし、あの子どこで花見するつもりやったんやろう」

はな江がぽつりとつぶやいた。

「とにかく、おれがひろの友だちもあたってみます。はな江さんはうちにいててください。母さんも落ち着かへんみたいやから、はな江さんが一緒やと助かります」

この状態のはな江を一人にしておくのも気にかかる。それも伝わったのだろう。やっとはな江が少しばかり微笑んだ。

疲れは隠せないが、凛《りん》とした雰囲気が少し戻ったような気がした。この人も若い頃はきれいだったと、誰かが言っていたのを聞いたことがある。

――そういえば誰に聞いたのだったか。拓己が記憶を探っていると、はな江が柔らかくつぶやいた。

「そうやねえ。ひろを見つけてくれるんは、きっと拓己くんなんやわ」

拓己がきょとんとしていると、はな江がほら、と続けた。

「覚えてへんやろか。ひろがこっちに来てたときやね。まだ小学生やった。あの子は、ようー人でいなくなる子やったから。連れて帰ってきてくれたんは、いつも拓己くんなんよ」

――ひろと出会ったのは、拓己が小学六年生の、あの断水の夏だ。その頃拓己の周りには友だちも仲間もたくさんいた。学校の友だちを中心に、先輩や地域の子どもたち、小学校に上がる前の近所の子の面倒もよく見ていた。

――清尾さんとこの拓己くんがいると、安心やわ。しっかりしたはる。

そう言われるたびに、誰かから頼りにされる自分が誇らしかった。

長期休みでひろがやってくると、その小さな手を引いていろいろなところへ連れていった。友だちの家でのゲーム大会や、近所の祭や集会。拓己が中学校に進学してからは、休みの日の学校のグラウンドに連れていったこともある。

拓己は〝面倒を見るべき近所の子〟として、ひろのことを一生懸命大事にした。父に「優しくしてやれ」と言われたから、もしかすると少し特別でさえあったかもしれない。

今思えば幼い傲慢《ごうまん》さで、拓己はひろを振り回した。

最初、拓己の後ろに隠れておとなしくしていたひろは、気がつくとどこかにいなくなってしまうようになった。そのたびに拓己はあちこち探し回った。そうして見つけたひろは、大抵一人でぼんやりと、何かを眺めていることが多かった。

ゆらゆらとゆれる薄《すすき》の穂先とか、一斉に飛び立つ燕《つばめ》の群れだとか。蓮華《れんげ》の咲き誇る川岸、雨が波紋を描く池、茜《あかね》色の空に宝石のように輝く一番星。

ひらひらと舞う蝶《ちょう》を追って、ふらりといなくなったときは、この子は猫か何かかと思ったほどだ。

仕方がないなあ、と笑いながらその子の手を引いて、おれがこの子を守っているのだと、胸いっぱいに誇らしさを抱えていたことを覚えている。

「おれも阿呆《あほ》やったんやなあて、今やったらわかります」

拓己は肩をすくめて苦笑した。

今ならはっきりとわかる。たくさんの人と浅い友人関係を築くことも、知らない人とその場を楽しく遊ぶことも、ひろは最初から望んでいなかったのだ。

彼女に必要なのは、彼女が大切にして、大切にされるほんの一握りの関係と、その目にうつる鮮やかな自然だけだった。

「おれはひろの邪魔をしてたんや……」

そうつぶやいた拓己に、はな江が緩く首を横に振った。

「生きるいうことは、人と関わり続けるということや。あの子にとって、あの子だけの狭い世界は楽で居心地がええのやろうけど、それだけではあかん」

はな江の柔らかな視線が、拓己をとらえる。

「だから拓己くんは、ひろにだけ優しい世界から、あの子を見つけてくれたんよ。夢も、もっと楽しいことも、世界も、狭いそこにはあらへんのやから」

はな江がどこか遠くを見つめて、つぶやいた。

「――わたしも、気づくのには時間がかかったんよ」

はな江は女学生の頃、京都を飛び出して東京へ移った。しかし故郷に心引かれるものがあって、帰ってきたそうだ。まぶしい学生時代を思い出しているようで、その瞳がきらきらと輝いている。

ふいに、拓己は思い出した。

——祖母だ。この人を美しい人だと言っていたのは、拓己の祖母だった。清花蔵に嫁いできてからは、歳も家も近いはな江と、何かと顔を合わせることも多かったようだ。

祖母がいつかそんな話をしていたのを思い出した。

——ご家業がうちみたいなとこやないと、自由にできはるし、ええなあ。

あれは祖母一流の皮肉だった。

嫌な気持ちを振り払うように、拓己は首を横に振った。常磐があんな話をしたせいだ。最近祖母のことを思い出すことが増えた。拓己にとってはうれしくもないことだ。

皺の刻まれたはな江の手が、拓己の両手をそっとつかんだ。

「ひろを見つけたって……」

拓己は一つうなずいて立ち上がった。

蓮見神社から出るなり、拓己は志摩に電話をかけた。ひろは桜を志摩からもらったそうだ。志摩はいつもの落ち着いた声で、一昨日の金曜日にひろが訪ねてきたと教えてくれた。

「咲き遅れの桜の枝を譲ってくれないかと言われたんだ。二本買っていった。一本は家に飾って、一本はその桜で友人と花見をすると言っていた」

　ずいぶん風流だなと思った、と志摩は電話口でそう言った。

「ひろに何か変わったことはなかったですか。その……変な声が聞こえる言うとったとか」

　志摩がしばらく沈黙して、やがて「いや」とつぶやいた。

「何かあったのか？」

　訝しそうに問われて、ひろがいなくなったと話すと、志摩はずいぶん心配してくれた。志摩のところにも娘がいるから、人ごとではないと思ったのかもしれない。

「うちには来ていない。……おれも手伝う。どこを探せばいいか教えてくれ」

　がたり、と音がしたのは、志摩が椅子《いす》から立ち上がった音だろうか。

　志摩は拓己やひろの父ほどの歳で、無口で見た目に圧があるが義理堅い人だ。娘との仲が上手くいっていなかったところを、ひろが小さなきっかけを作ったことがある。それ以来、何かと気にかけてくれているのだ。

「ありがとうございます。警察にも探してもらってるから、ひとまず大丈夫です。見つかったら必ず連絡します」

　そう言い訳をして、拓己は電話を切った。普通に探してどうにかなることではないから、手を借りるわけにもいかない。拓己は神社の前でため息をついた。

ボディバッグからシロが顔を出す。

「ひろは友人と花見に行ったんだろう。学校のやつはどうだ。……よくおれを放ったらかしして、ひろはそいつらと遊びに行ってるんだ」

ぶつぶつと不満そうにつぶやいていた最後の方は聞き流して、拓己はうなずいた。

「椿ちゃんと、陶子ちゃんな。陶子ちゃんやったらなんとかなるな」

陶子の兄、大地《だいち》は拓己の後輩でもある。何度かのコールの後電話に出た大地は、陶子は今日部活で、高校にいると教えてくれた。

高校へ向かう道すがら、ボディバッグからちらりと顔を出したシロが、首をかしげた。

「今日は日曜日だろう。学校は休みなんじゃないのか？　ひろは日曜日に学校には行かなかった」

「ひろは帰宅部やからな。どの部活も春の大会が近いから、この時期だいたい土日も部活やってるんや」

拓己も本当なら、今日は剣道部に顔でも出そうかと思っていたところだ。

ひろの友人、砂賀《さが》陶子は陸上部のエースだ。秋口に当時三年生だった先輩が引退し、部長になったそうだ。ひろが自分のことのように誇らしげに話していた。

陸上部は外練の時間だった。グラウンドの練習がちょうど休憩を迎えたのを見計らって、拓己は陶子に声をかけた。ジャージを肩から羽織っている陶子の目が、丸く見開かれる。

「清尾先輩!?」

「突然ごめんな。大地に連絡したら、陶子ちゃんは部活やて言うから」

「え……ひろは？」

陶子があたりを見回した。陶子とは何度か面識があるが、ひろを挟まずに話したことはない。そのひろのことで話があると伝えると、陶子はわずかに眉をひそめた。

周囲がざわついているのが聞こえる。

「……あれって、ＯＢの先輩？」

「わたし知ってる……剣道部の人や」

現役のほかの部活に顔を出すのは、やはり目立つなと拓己は苦笑した。陸上部の後輩たちがざわめくのを、陶子がひと睨みで黙らせる。

「わたしちょっと抜けるから。清尾先輩、こっち」

グラウンドの端で、陶子が拓己を見上げた。きゅう、と目を細めるのがわかる。

「ひろに何があったんですか？　わたし、何したらいいですか？」

「どうして拓己だけが」とか「ひろはどこに」とか余分な質問は一切ない。拓己の真剣な顔だけで、ひろ絡みで何かが起きていて、それで拓己が急いでいることも、自分が手がかりになるかもしれないことも理解しているのだ。聡《さと》い子だと拓己は内心舌を巻いた。

ひろがいなくなったと言うと、陶子は息を詰めた。

「警察とか、わたしらが探しても……もしかして意味ないですか?」

拓己はうなずいた。ひろが蓮見神社を通じて不可思議なものたちと関わっていることを、承知しているのだろう。

「昨日の昼、友だちと花見に行くて言うて出かけたんやて。陶子ちゃんか椿ちゃんのことかと思てんけど」

陶子は首を横に振った。

「わたしらやないです。でも花見に誘われたとは言ってました。わたしらはてっきり清尾先輩と行くんやと思てて……」

「おれと?」

「……だって」

陶子が曖昧に言葉を濁《にご》した。

「……その、ひろは花見をものすごく楽しみにしてたから」

陶子が話しながら、すみませんと断ってポケットからスマートフォンを引っ張り出した。

どこかに短いメッセージを飛ばしてから、拓己に向き直った。

「先週の始めぐらいから、清花蔵のお母さんにお菓子の作り方教えてもらったとか、それを持っていくんやとか、いろいろ話してたんです」

拓己がうなずくと、陶子が続けた。

「それで椿に相談があるって……あ、来た！」

陶子はぱっと手を振った。椿がグラウンドをこちらに向かって走ってくるところだった。上履きのままで、よほどあわてているのだとわかる。

「清尾先輩、ひろちゃんがいなくなったって……」

拓己と陶子は、同時にうなずいた。

「陶子ちゃんありがとう、椿ちゃんも呼んでくれたんやな。古典研究部も、日曜に部活やってるんか？」

「うちは部活やなくて、野球部の大会の横断幕、書きに来たんです」

椿の母は書道家の『静秋《せいしゅう》』だ。椿自身も弟子入りしていると言っていた。豊かな黒い髪が、今は後ろで結い上げられている。手にも所々墨《すみ》がついていた。

陶子が椿を促した。

「ひろがさ、花見行くて言うてたやん」

「うん。清尾先輩とのお花見？」

「それがちがうんやって。そのお花見行ってから、ひろがいなくなってしもたらしくて」

椿がきゅうっと眉を寄せた。

「清尾先輩と行くから……ひろちゃん、あんなこと言うたんやと思ってた」

「ひろが、何か言うてたんか？」

拓己が問うと、陶子と椿が一瞬目を合わせた。陶子が戸惑ったように顔を上げる。

「桜の和歌を知りたい……それで、できれば自分で筆で書けるようになりたいて」

それで、と椿は続けた。

「いくつかわたしが出した歌を、短冊に書けるようにちょっと練習してたんです。その中から選ぶて、ひろちゃん言うてました」

拓己は目を丸くした。

「短冊てずいぶん風流やな……。ひろが何の歌を選んだのかわかるやろか？」

「何首かあったから、結局何をひろちゃんが選んだのかは、わかりません」

でも、と椿が拓己の目をまっすぐに見上げた。不安と心配がその瞳の奥で揺れている。

「和歌いうんは、文学とか芸術とかいうより、心を伝える手紙みたいなものやから。……ひろちゃんが、一番自分の心に近いものを選んだはずです」

陶子と椿が、不安そうに瞳を揺らせた。陶子がうなずく。

「わたしらで何かできることがあったら、言うてください」

「……ひろちゃん見つけてください。それで、どの歌を選んだのか……直接聞いてみてください。絶対に」

椿の強い瞳に気圧《けお》されて、拓己はうなずいた。もしかしたら本当は椿も陶子も、ひろが何を選んだのか知っているのかもしれないと、拓己はふとそう思った。

「大丈夫。二人とも心配してくれてありがとうな」

不安そうな二人と別れて、拓己は第二武道場の裏手へ回った。去年新しく建てられたこの第二武道場は、以前までここにあった剣道部の古い道場、『心真館《しんしんかん》』の名を引き継いでいる。中から剣道部の練習する声が聞こえていた。

周りに誰もいないことを確認して、拓己は胸の前に回したボディバッグを見下ろした。

シロが顔を出す。

「聞いてたか？」

「ああ。ひろは誰かに花見に誘われて、それで菓子を作って桜を買った。短冊に歌を書けるように、とも言っていたな。最近の花見でもそういうことをするんだな」

「いや……そんなんやったことあらへん。最近の、てことは、昔の花見はしてたんか？」

拓己が問うと、シロは小さな頭を縦に振った。

「以前、醍醐《だいご》の花見の話をしただろう。花には歌がつきものだ」

ああ、と拓己はつぶやいた。シロの古い知り合いの話だ。醍醐の山で盛大な花見を開いて、歌を書いた短冊を桜の木にくくりつけていたという。

「ほんまにえらい昔やな……」

四百年以上前の話である。

「最近では、そういう祭や行事ぐらいでしかやらないのだろう」

拓己はうなずいた。

「また、ようわからん昔のものが関わってるていうことやろか……」

ひろがいなくなって、もうすぐ丸一日。泥のような不安がつきまとう。一度清花蔵に戻って、心当たりを探してみるか、と思ったときだった。

「——いた！」

「大野《おおの》？」

駆け寄ってきたのは、大野達樹《たつき》だった。拓己はあわててシロをボディバッグの中に押し込んだ。じたばたと暴れているような気配がしたが、無視を決め込む。

「清尾先輩、さっき砂賀から聞きました。三岡大丈夫なんですか？」

大野達樹はひろと同じ学年で、拓己の剣道部の後輩でもある。市内の蛸薬師《たこやくし》通にある、『おおの屋』という高級旅館の跡取りだ。夏からずいぶん鍛えたのだろう。体の厚みも増して、体幹もしっかりしているのが一目でわかった。

「わからへん。今探してる」

達樹も去年の夏、ひろや拓己とともに不思議な事件に関わっている。そのことをなんとなく察しているのか、額に深い皺が寄っているのがわかった。

「おれ、清尾先輩探してたんです。でも電話もメッセージもつながらへんし、学校中探し回りました」

拓己はポケットからスマートフォンを引っ張り出した。

「うわ、悪い。気づかへんかったわ」

着信は達樹だけではなく、父や母、蔵人たちからも入っている。今日もひろを探してくれているのだろう。

「何か知ってるんか、大野」

「関係なかったらすみません。でもおれ、この間三岡に妙なこと聞かれたんです――水原先輩のこと、知ってるかって。なんとか連絡取れへんかって……」

「蒼太さん?」

思いもかけない名前が出てきて、拓己は困惑した。

蒼太は今でも時折、剣道部に顔を出してくれる。直接連絡先を知らなくても、先輩をたどれば連絡先を知ることはできるだろう。達樹もそうやって、ひろに蒼太の電話番号を渡したと言った。

ひろと蒼太の対面は、先週蒼太の家を訪ねた、あの一度きりのはずだ。

そういえばあのとき、庭を見て戻ってきたひろに、ふと不安を覚えたのを思い出した。あのとき、ひろは何かを言っていなかっただろうか——。

達樹が困ったように眉を寄せた。

「なんで三岡が水原先輩のこと知ってるんやて聞いたら、清尾先輩と一緒に会いに行ったて言うんです。やったら先輩に聞いた方が早いんとちがうかて、言うたんですけど……」

ひろは少し笑って、緩く首を振るだけだったという。

——それはだめ。

達樹の目が鋭く眇《すが》められた。

「清尾先輩、三岡に、何かしたんですか」

「……いや、わからへん」

ひろは拓己に何かを隠している。そうしてどこかへいなくなってしまった。拓己の胸の奥が、ざわりと騒いだ。

拓己は一週間前と同じ、城南宮の前でバスを降りた。たった一週間の間に、風に乗って運ばれてくる花の香りは、わずかに変わっているように思う。ひろがここにいたなら、きっとそう教えてくれたにちがいない。

蒼太の家は、庭の半分が相変わらずブルーシートで覆われていた。工事が進んだ様子はない。拓己は生け垣の外から庭をのぞき込んでみた。

土塊が積み上げられ、あちこちに白い線を引いた跡が残っている。一通りぐるりと見回してみたものの、拓己にもただの工事現場にしか見えない。

そのとき、はらりと、拓己の視界を何かがかすめた。

「……桜？」

薄桃色の傷一つない桜の花びらが、拓己の足元に舞い落ちる。それをつまみ上げて、あたりを見回した。

このあたりに桜の木などあっただろうか。ここから見えないだけで、誰かの家の庭に遅咲きの桜でも植えてあるのかもしれない。ボディバッグの中で、ごそりとシロが動いた気がして、拓己は鞄を開けた。

途端、するっとシロが頭を突き出す。

「ひろだ」

「どこや!?」

シロがあちこち見回して、くた、と首を落とした。

「……わからない。だがひろの気配が残っている。それに――」

シロの金色の瞳が、硬質の光を帯びた。

「何か……面倒なものがいるような気もする」

「お前でも、はっきりわからへんのか?」

「妙な壁でも挟んでいるようだ。だが濃い水の匂いもする」

やはり鍵はここにある。拓己とシロはそろって蒼太の家を見つめた。

出迎えてくれた蒼太は、拓己を中へ迎え入れてくれた。

「どうしたんや、拓己。えらい顔色悪いな」

蒼太は拓己の前に、あたたかい緑茶を出してくれた。一口飲むと、腹の中がじんわりとあたたまる。それでふと肩から力が抜けた。朝からだいぶ緊張していたらしい。

ひろがいなくなったことを伝えると、今度は蒼太が血相を変えて立ち上がった。

「どれぐらい経《た》ってる? おれも探す」

この間初めて会ったひろを、心から心配してくれているのがわかる。

杜氏も蔵人たちも志摩も、ひろの友人たちも。ひろと自分の周りには優しい人ばかりだ。それは何より価値のあることだった。

拓己は首を横に振った。志摩にしたのと同じ説明をすると、蒼太は心配だという表情をありありと浮かべて、なんとか椅子に戻った。

蒼太はどこか落ち着かない様子で、額に皺を寄せて考え込んだ。やがて気まずそうに視線をそらす。拓己は椅子から腰を浮かせて、テーブルに両手をついた。

「何か知ってるんですか？　この間おれと一緒に来た後、ひろが一人で、蒼太さんと連絡取ったかもしれへんて聞いたんです」

「……その……ひろちゃんから、拓己には言うなて頼まれてるんやけど」

蒼太が絞り出すようにつぶやいた。またこれだ。拓己はそのまま頭を下げた。もう手がかりはここしかないのだ。

「なんでもええんです。教えてください……」

しばらくためらった後。蒼太はふう、と一つため息をついた。

「そういう場合やないもんな。……水曜日の夕方ぐらいやろか、ひろちゃんから電話があったよ」

拓己を座らせると、今度は蒼太が椅子から立ち上がった。テレビの横に置かれていた本棚から、数冊の本とファイルを引っ張り出している。

「あの子、不思議な子やんな……あの蓮見神社の子なんやろ」

あの、と言われるときの相場は決まっている。

京都は水の都だ。鴨川、桂川、宇治川、龍神の住む貴船《きふね》と地下に広がる豊富な地下水の池。今でも水に関わる仕事は多い。染め物を中心に、紙漉《す》き、仕出し屋、陶芸とどれも水が欠かせない仕事だった。

水のことは蓮見さんへ。

ひろの祖母のはな江は、水に関わる相談を生業《なりわい》としていた。大半は水道業者や役所の仕事らしいが、必要となれば拝み屋も紹介するという。

この土地は、何か不思議なものと紙一重で接している。それを知っているひとたちが、拓己の周りにはたくさんいた。

「うちの庭の工事、今止まってしもてるって話、したやんな」

蒼太が本とファイルを、どさっとテーブルに置いた。

「何か出たから、発掘中なんですよね。結局何やったんですか」

「おれも気になったから、教えてもろたんよ。それで、これがそのときもらった資料のコピーと、どこかのえらい先生の本らしいんやけど」

一通り目を通しただけだが、と前おいて、蒼太は拓己の前に資料を広げた。

「このあたりて昔、鳥羽離宮やったやろ」

白河上皇が創建した極楽浄土だ。鳥羽殿、と確かシロはそう言っていた。

白河上皇のあとは鳥羽上皇がさらに多くの建物を整え、院政の中心として、また代々の上皇たちの墓所なども造られたという。

「このあたりも、昔は離宮の中の川やら池やったらしいですね」

拓己が言うと、蒼太がうなずいた。

「昔はあの城南宮のところが、ちょうど出島みたいになってて、その周りはものすごい大きい池やったんやて。それで南殿て呼ばれてるその岸ギリギリが、ちょうどこの家のあるところらしいわ」

蒼太が見せてくれたのは、城南宮周辺、鳥羽離宮があった場所の復元図だ。昔、鴨川は今よりもっと東を流れていた。ちょうど桂川と昔の鴨川の間に、鳥羽離宮が広がっている。西側の多くが池で占められていて、かつての城南宮は、確かにその池の中に出島のように浮いていた。

池をぐるりと囲っているちょうど南西に、『南殿』という場所がある。白河上皇が最初に建設した場所だそうだ。

「屋敷の跡かもしれへんて言うたはったけど、結局、南殿にある、昔の倉庫か何かやったみたいや」

小さな遺物がいくつか出土して、写真を撮って測量をして、それで終わりだったという。歴史的によほど価値があると見なされなければ、緊急発掘された遺跡は、大抵埋め戻されてしまう。

蒼太の庭もそれで終わりのはずだった。

「じゃあ、もう発掘は終わったてことですか」

「そのはずやったんやけど……」

蒼太は言葉を濁した。

「発掘が終わってから、工事が進まへん。施工してくれたはる業者さんが、嫌な顔しはるんや――……子どもの声がするて」

蒼太がぐったりとうなだれた。拓己が眉を寄せた。

「……ようある怪談の類《たぐい》ですか?」

「それやったらええんやけど、物はなくなるわ業者さん怪我《けが》しはるわで……今は一回ストップしてる状態なんよ」

拓己は庭をちらりと見やった。パーティションの向こう側には、無機質なブルーシートが広がっているはずだった。庭にはらりとまた、桜の花びらが舞ったのが見えた。

「……それを、ひろに言うたんですね」

「あの子の方から、子どもの声が聞こえる。あの工事現場で何か起こっていないか、て言うてきたんやで。おれほんまにびっくりして……蓮見神社の子やていうの思い出して、納得したんや」

それだ、と拓己は椅子から立ち上がった。

――わたしがなんとかしてみます。

そうひろは言ったそうだ。

施工が進まないとオープン日が決まらないから、蒼太も困る。気味が悪いのも本当だ。だがどうして手伝ってくれるのかと問うた蒼太に、ひろは電話の向こうで明るく答えてくれた。

――清花蔵のお商売のお手伝いがしたいんです。そのためには、水原さんにカフェをオープンしてもらわないと。

冗談っぽく笑って、そうしてぽつりと続けた。

――それに……約束しちゃったから。

誰と、ともひろは言わなかった。

「それで、最後にお願いがあるて言われた……拓己には、できれば内緒にしといてほしいんやて。なんでって聞いたら、ひろちゃんなんて言うたと思う」

拓己は思わず身を乗り出していた。

「なんて？」

「なんや自分、必死やん」

蒼太の肩が震えたのがわかった。笑っているらしい。拓己は唇を結んで、椅子に座り直した。

「……ひろ、友だちはあちこち頼ってるくせに。今回おれだけ、のけものみたいや……」

今度こそ蒼太が噴き出した。自分でもおかしいと拓己も思う。あまりにも子どもじみた稚拙《ちせつ》な感情が、最近理性を押しのけて先走るようになった。

蒼太は一通り笑った後、柔らかく言った。

「〝拓己くんは今、とても大事な時期だから。あんまり心配かけたくないんです〟やってさ。ちょっと危なっかしいけど、ええ子やん」

前にも何度かあったことだ。何かあればいつだって力を貸すのに。小さい頃は何の疑問もなく、この手をつかんでいたくせに。

結局一人で無茶をしてしまう──愚《おろ》かで優しい子。

「結局、おれが探しに行く羽目になるんです。ほんまに……」

「悪ないと思てるんやろ」

にやりと目の前で笑う蒼太に、拓己はそっぽを向いたままわずかにうなずいた。

「何に巻き込まれてるか知らんけど、ひろちゃん見つけたりや」

「はい。おれが、必ず」

拓己は蒼太にしっかりとうなずいてみせた。

玄関先で蒼太に見送られながら、拓己はそういえば、と振り返った。

「蒼太さん、このあたりに桜の木てあります？」

「桜？　さあ……ご近所さんはどこもなかったと思うけどな。それにもう桜て終わってるんとちがうんか？」

礼を言った拓己の目には、また一枚、はらはらと桜の花びらが夕暮れの空に舞うのが見えていた。

4

蒼太が玄関のドアを閉めたのを確認して、拓己は心の中で謝りながら、ブルーシートの張られた庭へ足を踏み入れた。

夕暮れの空は淡い橙《だいだい》に染まっている。

はらり、と桜の花びらがまた一枚、拓己の足元にこぼれ落ちた。

——十年前に出会ったその子は、美しい自分だけの世界を持っている子だった。

その子の手を引けば引くほど、拓己にもたくさんのものが見えた。

気にもとめなかった道ばたの小さな花。友だちと遊べないから嫌いだった雨は、毎回ちがう音で降るのだそうだ。水たまりにできる波紋は美しく、水が跳ねる一瞬に宝石を見る。

この子は最初から人とはちがうものを見る、狭間で生きる子だとどこかで理解していた。だから、ずいぶん経って再会したとき、自分に不思議な力があるのだと告白されても、拓己はさほど驚かなかった。

どれだけ時間が経ってもひろは昔のままだった。この子の世界はおれだけが知っていると、そう思った。昔のように手を引いてやらなくては。一人では危ないから、守ってやらないとだめだ。

けれど閉ざされた彼女の世界がゆっくりと開いて、歩き出したとき。

幼い頃は当たり前に拓己だけだった彼女の選択肢は、無数にあると知った。

焦って怖くなって、つないだ手がまたどこかへ行ってしまうんじゃないかと、それからいつだってそう思い続けている。

記憶の奥底には、兄の肩にうれしそうに手を乗せている祖母がいる。あの細く皺のきざまれた手は、いつだって兄のものだった。

──おれだって、その手のあたたかさが欲しかったのに。

だからせめて──あの子の手がおれを選んでくれますように。あの子のヒーローが、おれだけでありますように。

おれにあの子を縛る権利なんて、何一つありはしないのに。

夕暮れの庭で、拓己は立ち尽くしたまま動けなかった。

「──おい、跡取り」

自力で鞄を開けて、シロが顔を出した。

「ここにひろがいるんだろう」

「……ああ」

おれが本当に見つけられるのだろうか。おれの声に応《こた》えてくれるだろうか。おれの手を――つかんでくれるのだろうか。

ああ。どうやらおれは怯《おび》えているらしい。

シロが鞄からするりと這《は》い出て、地面にばたりと着地した。金色の瞳がじっとこちらを見上げている。その尾がばしっと拓己の足を叩いた。

「お前、どうしてひろが桜の枝を持っていったのか、まだ気がつかないのか?」

拓己は瞠目《どうもく》した。シロがしゃあっと口を開けた。

「おれはお前が嫌いだが、ほかの人間よりは多少マシだとも思っている。だからこれきりだが、ありがたい助言をくれてやる。心して聞け」

尊大に言い放って、シロは金色の瞳をきらめかせた。

「欲しいものを欲しいと思うことの、何が悪い。お前のそれは他人を気遣っているようで、その実、背を向けて無様に怯えているだけの阿呆者だ」

さすがに何百年だか、千年だか生きているものの言葉は容赦がなかった。その月と同じ金色の瞳でこの世を眺め続けてきただけあって、拓己の一番深く、痛いところを刺し貫いてくる。

もう知らん、と背を向けたシロを、後ろから手のひらにすくい上げた。

考えたって仕方のないことなのかもしれない。

結局心が本当に求めるものに、理性は勝てないのだ。

「……おれがやる」

自分の声は震えていないだろうか。じろりとシロの瞳がこちらを向いた。

「もし失敗でもしてみろ。お前ごと蔵を更地にしてやるからな」

拓己は苦笑して、シロを自分の肩に乗せた。

はらりと桜の花びらが散る。どこからかふと現れて、地面に零れ落ちているかのように見えた。

「――ひろ。そこにいるんやろ」

つぶやいたつもりの声は、ずいぶん遠くまで響いたように思った。肩の上でシロがぴくりと反応する。

「水の音だ」

拓己にも聞こえる。

ざあぁあ、ざあぁあぁ……。

鴨川も桂川も音が聞こえるほど近くはない。だからこの音は――。

「おい、跡取り、もっと呼べ。お前の声が揺らしている」

シロに言われるまま、拓己は声を張った。

「ひろ!」

視界に桜の花びらが吹き込んでくる。

水の音や人の音が途切れ途切れに聞こえる。薄い膜が拓己の声に従って、揺れる感覚が確かにあった。

ここだ。ここにひろがいる。

シロが肩の上で、ぐう、と伸び上がった。その金色の瞳が煌々と光っている。

「ここはおれに都合がいいらしい」

シロの小さな体に、いつか見た荘厳な龍——水神の姿が重なって見えた。美しく並ぶ鱗が続き、黒曜石の爪が輝く。シロの金色の瞳が熱を孕む。

ぶわ、とシロの体が一瞬膨らんだような気がした。

——かつてシロは『指月《しげつ》』と呼ばれていた。

空の月、川の月、湖の月、盃《さかずき》の月。四つの月を抱く美しい土地の名を、四月。転じて指月。大きな美しい池の底を棲《す》み家にしていた、水神だった。

風を巻き上げて、シロが空へ駆けていく。

その瞬間どこからか跳ね上がった水が、目の前の見えない壁を食い破ったように見えた。

空から、きらきらと雨粒のように降り注ぐ飛沫《しぶき》の奥に、拓己は二つに割れた空を見た。

「……え」

夕暮れの迫る橙色と、抜けるように高い春の青空だ。その青を埋めるように、赤みの強い桜が咲き誇っている。緑の葉がちらちらと見えるのは、山桜だからだろうか。

濃い水の匂いがした。

我に返ると、拓己の足元には春の柔らかな草が茂っていた。目の前には広大な池が広がり、笹の葉のような細長い舟が浮かんでいる。どこからか聞こえる音は、琵琶《びわ》と笙《しょう》。誰かのささやくような笑い声が聞こえた。

「――ずいぶん懐かしいな」

ふと隣を見て、拓己は目を見開いた。シロが人の姿になっている。銀色の髪に、薄藍《うすあい》の着物、裾には蓮《はす》の花があしらわれている。瞳は白蛇だったときと同じ金色だ。

「……お前。雨も降ってへんのに」

「この時期、おれはもう少し自由に、姿を変えられたんだ」

シロの瞳がわずかに見開かれて、蜂蜜のようにとろりと甘くとろけたように見えた。

「ひろ」

シロの言葉に、はじかれるように振り返った拓己の視線の先に、ひろが立っていた。片手に半分ほど花を失った桜の枝を。もう片方の手には小さな短冊を持っていた。ひろは足元から何かを拾い上げて、それをじっと見つめた。ひどく寂しそうに見えた。

ひろがふとこちらを振り向いた。そうしてほっとしたように顔をほころばせる。

「拓己くんだ」

膝《ひざ》が抜けるかと思うほど、安堵《あんど》した。

いなくなってしまったかと思った。もう二度と、戻らないのかもしれないと……!

その後は全部が無意識だった。

「──見つけた」

どこにも行かないで、おれの手を取ってくれ。

思わず腕の中に抱き込んだ小さな体が、あたたかいことにまたひどく安堵した。

ざわりと風が吹く。ざあぁぁあ……と波が引くように目の前の景色が遠ざかって。やがて、夕暮れの工事現場が残された。

ずきずきと痛む腕を押さえて、拓己はじろりとシロを睨みつけた。

「……ほんまに毒とかあらへんやろうな」

「知らん」

不機嫌そうなシロは、ひろが戻った途端にあっさりと拓己の鞄を捨て、ひろのカーディガンのポケットに収まっている。やっぱりここが一番落ち着く、などと言うものだから、二度と自分の鞄には入れないと拓己は固く誓った。

「お前がひろに不用意に触れるからだ」

いつの間にか白蛇に戻ったシロが、ひろを抱きしめていた拓己の腕に、文字通り牙をむいたのだ。

「……あんだけ探して見つけた思うたら、ああなるやろ。母さんや父さんにも、蔵人さんらにも、戻ったらたぶん、ぎゅうぎゅう抱きしめられるわ」

冗談めかしてみたけれど、拓己もシロにかみつかれるまでほとんど無意識だった。腕は痛むが、正直助かったとも思っている。

家には先ほど連絡を入れ、今は城南宮の前でバスを待っていた。傍らをうかがうと、ひろがしゅん、とうつむいていた。

「……まさか丸一日以上も経ってるなんて、全然思わなかった」

ひろの体感では、ほんの数時間程度だったそうだ。手にはまだ桜の枝を持っていて、時折それを大切そうに眺めている。シロがポケットの中から顔を出した。

「あそこは、鳥羽殿だな」

青空が広がる、あの春の池のほとりのことだ。

「それもあのときのままの鳥羽殿だ。あの中でおれは、あの時代のままの力を持つことができた」

「そういやお前、人の姿になってたな」

拓己がそう言うと、シロが小さな頭を縦に振った。

「久しく味わっていない心地だった」

バスが来るのを待つ間、ひろがぽつりぽつりと話してくれた。

「水原さんの家に、拓己くんとお邪魔したとき、声が聞こえたんだ」

小さな子どもの声だったという。よく耳を澄ませると、二人分の声に聞こえた。


──歌会をいたしませぬか。


何もないブルーシートがかぶせられただけの景色は、その声が聞こえた瞬間だけ、薄い膜を挟んだように、淡い春の景色が見えた。

青空に桃色の桜が咲き誇る、春の池のほとりだ。足元には若草、どこからか聞こえる音楽と人のざわめき。昴《すばる》の父の部屋で聞いた、『宮中の喧騒《けんそう》』にとてもよく似ていた。

その中を、着物のような袴《はかま》のような不思議な服を着たひとたちが、行き来していた。ひろのことは見えていないようで、けれど誰もが春に浮かれて楽しそうだった。

「教科書で見たような、平安時代の服を着た人がたくさんいたんだ。教科書より、ずっと鮮やかだったよ」

「赤やら紫やら、あの頃は何かと色が派手だからな」

シロが苦笑した。ここがまだ都と呼ばれていた時代の服だ。位によって染め分けていたという。

誰もがひろの傍を素通りする中、目が合ったのは二人の小さな子どもだった。双子のようにそっくりな顔をして、短い着物を着ている。二人でしっかりと手をつないでいた。

二人の子どもがそろって口を開いた。

——花の下にて、歌会をいたしませぬか。

春爛漫《らんまん》の景色の中で、その子どもたちだけがひどく寂しそうに見えた。通り過ぎるひとたちは、誰もその子たちに目を留めていない。

「歌会が何かわからなかったし、気をつけた方がいいかなって思って、しばらく黙ってたんだけど……」

重なった景色の向こうで、工事現場のブルーシートが不自然にめくれ上がった。

——歌会をいたしませぬか。

子どもたちの声に合わせて、土塊がこつ、こつと跳ね上がる。

「それで、もしかしたらこの子たち、水原さんのお庭に何か影響があるのかもしれないと思ったの」

工事が終わらなくて、カフェのオープン日が未定だと蒼太が言っていたのを思い出して、ひろは確信した。このままではきっと蒼太も拓己も困る。

だから誰にも内緒で、そっとその子どもたちと約束したのだ。

歌会をしよう、一度だけ。代わりに、それが終わったらここから離れてほしい。そう言うとその子たちは、本当にうれしそうに顔をほころばせた。

——いたしましょう。歌会をいたしましょう。我らも、やっと……!

「また約束をしたのか、ひろ。だめだと言っただろう」

シロが赤い舌をしゃあ、とひらめかせた。

「それで丸一日だぞ。あいつらひろをここに閉じ込めて、帰さない気だったかもしれないんだ」

ひろに時間の感覚はなかった。薄い膜を挟んだような鳥羽殿は、その子どもたちが抱いていたかつての記憶なのかもしれない。時間の流れなどないようなもので、ただ宴《うたげ》を繰り返し、ひろをあの鮮やかな春に閉じ込めてしまうことだってできた。

考えただけで、拓己の背を冷たいものが這い上がる。

優しさのつもりで差し出した手ごと、囲い込んで隠してしまう。シロたちの本質はそういうものだ。恐ろしく純粋で、ただ欲しいと思えばそれだけが理由になる。

ひろは肩を縮めてうなだれた。

「……ごめんなさい。だけど……やっぱりすごく、寂しそうだったから」

ひろはシロとは反対のポケットからハンカチを取り出した。そこに包まれたものを拓己に見せてくれる。

小さな茶色の破片だった。あのとき、ひろが足元から拾い上げたものだろうか。

「これがあの子たちだったんだ。対の盃だよ」

かつて春の歌会で使われるはずだった盃だと、その子たちは言った。漆《うるし》塗りの艶《つや》やかな盃だ。内側は金箔《きんぱく》で彩られ、外側には桜の花びらが描かれていた。

都いちの職人が仕上げた一品だったのだと、二人の子どもはそろって胸を張っていた。

宴のために作られた二つの盃は、倉庫の中でずっと眠っていた。時々人の手によって磨き上げられる間、たくさんの話を聞いた。

ここがもう一つの都と呼ばれる、極楽浄土の離宮であるということ。春には盛大に歌会が開かれて、美しい曲も舟遊びも舞も、何一つ欠けるものはないということ。自分たちはそこで、とてもえらい人が使うために作られたということ。

楽しみでたまらなかったその宴は――けれど、とうとうやってこなかった。

「そのままずっと倉庫で眠ってたんだって」

ひろは小さなかけらを二つ、そっとハンカチに包み直した。

シロがつぶやいた。

「極楽浄土の終わりだな」

鳥羽離宮は鎌倉時代頃まで院政や墓所として使われていたが、政治の中心が移っていくにつれて、やがて草木に沈みかつての栄華を失った。

極楽浄土の終わりは、南北朝時代。

シロがちらりと赤い舌をのぞかせた。

「――宮中は荒れ、北と南にそれぞれ帝が立った。二つに分かれて、都を舞台に散々やりあったらしいな。その中で鳥羽殿は半分以上焼けて落ちたそうだ」

二つの盃は、使われることなく戦火にまかれ、地面の奥深くに埋もれることになった。

あの鮮やかな春の世界は、彼らが夢見た極楽浄土の世界だ。たった一度、そこの歌会で使われることだけが、二人の子どもの望みだった。

だからひろは椿に歌を教わったのだ。歌会にお呼ばれしたのだから、歌の一つくらい披露できないと困るから。

「それやったら、その桜はどうしたんや」

鳥羽殿の桜は満開だったはずだ。拓己が不思議そうにひろの手に持っていた枝を指す。

ひろがわずかに目をそらした。

「ひろ――」

その先は、やってきたバスに遮《さえぎ》られて聞くことができなかった。

はな江と実里に交互に抱きしめられて、ひろは清花蔵に迎え入れられた。実里などはほっとしたのか台所で泣き始めてしまい、かと思えば張り切って夕食を作ると気合いを入れている。

ひろがいなくなってしまった理由について、はな江は周囲に対して、たった一言で収めてしまった。

「――蓮見神社のことやさかい」

迷惑をかけたと、杜氏や蔵人たちにもひとりひとり頭を下げて回ったはな江に、正は笑って言った。

「やっぱり、蓮見さんの跡はひろちゃんが継ぐんですか？」

「さあ。あの子がやりたいようにやるんとちがいますか」

はな江は笑って、そうつぶやいた。

ひろが無事に帰ってきたと、実里が気合いを入れて作った食事の数々が、おおかたなくなった頃。

食事の間から続く客間で、拓己はひろが一人で空を見上げているのを見つけた。風には柔らかな春の匂いが混じり、見上げる夜空には春の星がきらめいている。

ひろはあの半分花のない桜の枝を、ゆらゆらと揺らしているようだった。はらはらと花びらが散って庭に舞い落ちる。

「——冬こ……春咲く花……手折《たお》り持——こひ……」

ぽつりぽつりと小さな声がする。拓己はひろの背に声をかけた。

「それが、椿ちゃんに聞いた歌か？」

ひろがぱっとこちらを振り返った。よほど驚いたのだろう、その目がまん丸に見開かれている。

「どうしたん？」

「……聞いた？　今の」

「歌？　よう聞こえてへん。椿ちゃんたちも、ひろが何を選んだか知らんて」

そういえば、ひろにどの歌を選んだのか聞いてほしいと言われていたのだったか。拓己は持ってきた盆を縁側に置いて、ひろの隣に腰掛けた。

「歌、教えてや」

盆の上には皿が二つ。淡いピンク色をした道明寺《どうみようじ》が、一つずつ乗っている。急須の中は煎茶《せんちや》だ。道明寺には宇治茶が一番だ、いやほうじ茶だと、実里とはな江がそれぞれ主張して決まらなかったので、勝手に拓己が選んだものだった。

「……忘れたよ」

「いや、今言うてたのに？」

拓己が顔をのぞき込むと、ひろはふいと視線をそらしてしまう。

「ほんとに忘れたの」

「……なんやそれ」

ひろが桜の枝をそっと縁側に置いて、道明寺の皿を取り上げた。黒文字を入れると、粒の残った淡い色の餅《もち》が二つに割れる。中からは香りのよいこしあんがのぞいていた。

道明寺を食べ終えた後、ひろが改めて拓己に向き直った。

「拓己くん、見つけてくれてありがとう」

「何回も、ちゃんと頼れて言うてたよな」

「……ごめんなさい」

ひろはまたしゅん、と肩を縮めた。拓己が苦笑した。

「蒼太さんから聞いた。ひろがおれのこと考えて、秘密にしてくれてたんやって。蒼太さんはちゃんとひろとの約束を守ろうとしてくれてたけど、おれがむりやり聞いたんや」

ごめんな、と一言添えると、ひろは首を横に振った。

「……拓己くんが就活してるの、知ってるんだ」

ひろが所在なさげに桜の枝を振った。

「拓己くんが、清花蔵以外の道も探そうとしてるんだって思った。拓己くんが言ったんだよ。何を選ぶかは自由だけど、選択肢はたくさんあった方がいいんだって。だから、それを邪魔しちゃだめだと思ったの」

けれど結局迷惑をかけてしまったと、ひろはまた小さくなった。

「ひろはおれのこと、よう見てるんやな」

そう言って笑うと、ひろはぱっと目を見開いて、どうしてだかすぐにあわててそらしてしまった。

その弾みで、枝から最後の花びらが落ちた。

「あ……」

ひろが残念そうにまなじりを下げた。

「縁側でお花見できたみたいだったのに」

煎茶の少し甘い香りを楽しみながら、拓己は花のない桜の枝を手に取った。

「あの庭でひろを探してたとき、この桜の花びらが降ってきた。そのときだけ、ひろの気配がするて白蛇が言うてたんや」

だから、と拓己は零れ落ちた花びらを一枚拾い上げた。

「あそこにひろがいるて、わかったんや」

ひろが顔を上げた。

「もし帰れなくなったときのために、何かこっちとつながりがあるものを、持っていった方がいいと思ったの」

ひろは拓己の手から桜の枝を受け取ると、それをゆらゆらと揺らした。もう花はこぼれない。ひろがこちらを見て笑った。

「そしたらやっぱり、拓己くんが見つけてくれたんだ」

そんな風に穏やかに微笑むから。言ってやろうと思っていたことを全部飲み込んで、拓己は小さく息をついた。まったく、いつまでたってもこの幼馴染みにはかなわないのだ。

「それで『つながりのあるもの』で、なんで桜やったんや？」

拓己が問うと、ひろが口元に微笑みを浮かべたまま、ゆっくりと首を横に振った。

内緒、と言っているようだった。

その夜、拓己は自室に上がって、一つため息をついた。

机の上に一通の封筒がある。白色の封筒には、誰もが一度は目にしたことのある、大手食品メーカーの名が印刷されていた。中に面接の案内が入っている。受ける場合の履歴書の締め切りは、ひと月後だった。

本当は受けないつもりだった。自分の生きる道は、蔵にしかないと思っていたから。

「どうしよかな……」

骨張った祖母の手と、兄の姿が脳裏にちらつく。兄は祖母が死んで蔵を捨てた。

兄に腹立たしさを覚えるのは、大事な蔵を勝手に捨てたからだと思っていた。けれど、ちがうのかもしれない。

兄は蔵と祖母から自由になった。逃げ出せないのは拓己自身だ。

蔵以外の道が自分にあるなんて、拓己は思ったことがなかった。自分が誰かに手を差し伸べられているなんて、今まで拓己は考えたことがなかったのだ。

机の上の封筒をじっとながめて、拓己は肺の奥から息を吐き出した。

蓮見神社の自分の部屋で、ひろは花の落ちた桜の枝を花瓶に入れて机の上に置いた。小さな若葉が出始めている。近いうちに志摩の家に持っていって、どうすればいいのか聞くつもりだった。

忘れた、と嘘《うそ》をついた和歌を、ひろはちゃんと覚えている。椿が教えてくれたいくつかの中から、自分で選んだものだ。

何度も口ずさんで、墨で短冊に書く練習をした。

「――冬籠もり　春咲く花を　手折り持ち　千度《ちたび》の限り　恋ひ渡るかも」

冬が終わり、春の花を一枝手折って、何度も何度もあなたに恋をします。

この歌にしようと決めたとき、ひろは桜をひと枝持っていくことを思いついた。甘えているとわかっても、最後に頼るその手の先は、どうしても拓己でしかありえなかったから。

この枝を大切に持っていればきっと。

幼い日々と同じように、拓己が見つけてくれると思ったのだ。

三 青葉の記憶

1

四月の終わり、京都は瑞々《みずみず》しい新緑の季節を迎えていた。花を終えた桜の木々は若芽を吹き出し、山の緑がぐっと深まっていく頃だ。

そんな春の終わりのしとしとと雨が降る夜に、ひろは自室でスマートフォンを握りしめていた。

「——だから、行かないの！」

真横で人の姿のシロがびくっと肩を跳ね上げた。ひろがこんな風に声を荒げることはあまりない。何事かと、腰を浮かせておろおろとしている。

戸惑っているのは、電話の向こうも同じようだった。

「だって、そのままそっちにいるつもりなの？」

ひろの母、誠子《せいこ》だ。

四月に入って、ひろは高校三年生になった。名実ともに立派な受験生である。進路希望用紙の提出が迫る中、ここ何日か、母との言い争いが続いていた。

母はやはり東京に戻ってきてほしいようで、ひっきりなしに東京の大学のオープンキャンパスや推薦《すいせん》の情報を送ってくるようになった。電話の内容も、この連休に東京へ一度戻ってきて、一緒にオープンキャンパスに行かないか、という誘いだった。

母は高級アパレルブランドのバイヤーとして働いている。例年この連休は、現場で大忙しのはずだ。その母がわざわざ休みを取る、というものだからその本気の度合いがうかがい知れる。

「東京に戻るかはまだ決めてないの。だけど、連休はこっちもオープンキャンパスがあるし、友だちと行くことになってるの。だから戻らない」

東京、とひろが口に出すたびに、シロがびくっと揺れる。ひろが大丈夫、と小さくうなずくと、立ち上がりかけたシロが行き場を失ったように、しゅんと畳《たたみ》へ腰を下ろした。

母と言い争いになっている、ということがひろにとっては新鮮だった。母と喧嘩《けんか》をしたのは、高校一年生の夏が初めて。それもひろが一方的に泣きわめくだけだった。

今はちがう。やりたいことがあって、できれば自分の意思で決めたいのだ。母と主張がぶつかり始めたのはそれからだ。

「だって……」

母が電話の向こうで口ごもった。

東京と京都、母と距離を取って初めてわかったこともある。彼女が、少し潔癖で完璧主義なところがあること。そして、自分の意見が思い通りにならないことに、存外戸惑ってしまう人だということだ。

ひろが意見を主張すればするほど、混乱しているのがわかる。困ると「……だって」と子どものような口癖が出るのも、初めて聞いた。

親子だって知らないことはたくさんある。

「また電話するよ……お母さん」

たくさん喧嘩をして、意見をぶつけ合った方がいい。ひろと母は、まずお互いを知るところからだ。そして今まで母に押しつけてしまっていた自分の将来を、ひろは自分の責任で進み始めなくてはいけない。

電話を切ったひろを待ち構えていたかのように、シロの大きな手がひろの腹に回った。

「うわ！」

ぐいっと引かれて、あぐらをかいた膝《ひざ》の上にすとんと下ろされる。弾みでスマートフォンが手から離れて、畳の上を滑っていった。

「シロ！　まだあと、拓己《たくみ》くんに連絡しなくちゃいけないんだから」

「後でいい。跡取りなんか放っておけばいいんだ」

シロの冷たい気配が背から伝わる。首筋にシロの頭がぐいぐいと押しつけられて、ますます大型犬じみてきていると、ひろは苦笑した。

「どうしたの、シロ」

「……東京へ帰るかもしれないと言った」

「言ってないよ。まだわからないって言ったの」

ひろは腹に回ったシロの手に、自分の手を重ねた。これはずいぶん拗《す》ねている。機嫌が戻るまでしばらくかかるかもしれない。

「……こっちでいいだろう。大して東京と変わらないじゃないか。菓子も服も大抵そろうし、それに、と……友だちとやらもこっちの方が多いんだろう！」

「友だち」のところで、シロの声が引きつった。それがあたかも苦肉の策である、と言わんばかりで、ひろは思わず笑ってしまった。普段はひろの友だちなんて、何の興味もなさそうなのに。どうやらこの神様を、ずいぶん不安がらせてしまったみたいだ。

「大丈夫だよ、シロ」

シロは以前のような、不安の渦巻いた執着心をひろに向けることは少なくなった。貴船《きぶね》の件があって、ゆっくりと安定を取り戻し始めていると、ひろは思う。それでも、ひろに向ける金色は、煮溶かした蜂蜜《はちみつ》のそれによく似ているままだ。

これがシロたちの本質だとひろは理解している。自分が祖母の跡を継ぐのなら——こういうものたちとの付き合いが、今よりずっと普通になっていくということだ。

それより、とシロの腕から抜け出して、ひろは畳の上のスマートフォンを拾い上げた。拓己に連絡をしなくてはいけない。

手のひらでスマートフォンをもてあそびながら、ひろは小さく息をついた。今までは普通に電話していたのに、なんだか妙にためらわれる。

「跡取りに何の用だ？」

シロの声はまだ不機嫌だった。

「連休にお兄さんが帰ってくるんだって。蔵人《くらびと》さんたちももういなくなっちゃうから、合わせて宴会をやろうってことみたいなの。お呼ばれしてるから、それのお返事」

「……宴会ばかりだな、あの家は」

清花蔵《きよはなくら》は冬の仕込みを終え、杜氏《とうじ》と蔵人が故郷へ戻る時期が来ている。旅立ちには楽しい騒ぎが必要だというのが清花蔵だ。

ひろが受験生だということを気にしてくれているのだろう。今まではほとんど問答無用だった宴会に、初めて拓己からおうかがいが来た。来られないのならそれで構わない。勉強を優先しろとの念押しつきだ。

最近は清花蔵で夕食を食べた後、神社にはな江《え》が帰ってきているとわかると、早々に帰されてしまう。休みの日に時折誘ってくれていたのも、ぱたりとなくなった。

拓己なりの気遣いだというのはわかる。今のところ塾に行く予定もないから、ひろにできるのは自宅で勉強することだけだ。

けれどそれがどうにも寂しいのだと、ひろは小さくため息をついた。

ひろはスマートフォンを再び畳に転がして、そのまま立ち上がった。返事は明日にしよう。それをめざとく見つけたシロが、顔を上げた。

「用は済んだか、ひろ。それなら茶を入れよう。それかどこかへ行くか？　嵐山《あらしやま》の竹が瑞々しくて美しいぞ」

「えっ！」

ひろは目を輝かせた。

京都は新緑鮮やかな季節になっている。若芽の初々《ういうい》しく柔らかい青色が山も地面も覆《おお》い隠して、吹く風はあたたかくからりと爽《さわ》やかだ。すでに初夏のおとずれすら感じさせる。

真っ白なユキヤナギの小さな花が、あちこちに咲き乱れていた。

嵐山の竹林が見事な時季だということは、あちこちにポスターが貼ってあるから、ひろも知っていた。

青々とした細い竹が空に駆け上るように伸びている。風が葉を揺らすさやさやとした柔らかい音は、ひとときも同じではないはずだ。

「……だめ、行かない。勉強するの」

ひろは脳裏に浮かんだ美しい竹林を、あわてて振り切った。シロが不満そうに、金色の目を瞬《またた》かせる。

「最近、ひろはそればかりだ」

「ちゃんと進学するって決めたの。落ちたらかっこ悪いから」

東京で意味もわからないまま勉強し続けていた頃とはちがう。

どれだけ迷っても、せめて選んだものに手が届くように。未だに不満そうなシロをなだめて、ひろは机に向かった。


週末の連休一日目、ひろは夕方からの宴会の手伝いのために、昼過ぎに清花蔵へ向かった。緩やかな風に若草の青い匂いが混じっている。派流《はりゅう》は今頃、柳の若い葉が風にゆらゆらと揺れているはずだ。

そう思ったらいてても立ってもいられなくて、ひろは派流に寄り道することにした。

細い橋の上から眺めると、派流の流れの両岸から、柳と葉桜が覆い被さっているように見える。宇治《うじ》川まで続くゆったりとした川は、まぶしい陽《ひ》の光をきらきらと反射していた。

肩から重いものが下りていくような気がする。最近勉強ばかりで、こうしてゆっくり空や川や緑を眺める暇もなかった。そういえばしばらく好きな絵も描いていない。

自分で選んだことだけれど、受験生とは大変なものだ。

ひろはふうと息をついた。

「――遅い思たら、寄り道してたんか」

振り返ると、視線の先で拓己が笑っていた。ストライプのシャツに洗いざらしのデニム、スニーカーを引っかけただけの休日の格好だ。拓己は冗談めかして、にやりと唇の端をつり上げた。

「まさか、うちと蓮見《はすみ》神社の間で迷たんかて心配したわ。まあこんなことやろうと思った」

「きっと派流がきれいだろうなって思ったら、我慢できなかったんだ」

ひろは軽く笑って欄干《らんかん》から体を離すと、拓己とともに清花蔵への道を戻り始めた。

「勉強はええんか?」

「今日の分はちゃんと午前中に終わらせたよ。連休中は、オープンキャンパスも行くんだ」

拓己がこうやって当たり前のように隣で話しかけてくれる日々は、きっともうあと少しだ。それをかみしめるように、ひろは心持ちゆっくりと歩いた。

拓己とひろが清花蔵の店表についたとき、ちょうど暖簾《のれん》を上げて、店から瑞人《みずと》が顔を出したところだった。途端、拓己の顔が引きつった。

「……兄貴」

相変わらず拓己は、兄がいると反射的に不機嫌になる。

瑞人は昨日の夜、妻と娘とともに清花蔵に帰省した。瑞人の妻、泉美《いずみ》と娘の若菜《わかな》は、今日は夜まで友人の家に出かけている。置いてきぼりを食ったらしい瑞人は暇を持て余しているらしく、何かと話しかけてきて鬱陶《うっとう》しいと、拓己が苦い顔で言っていた。

「ちょうどよかった、二人を探していた」

今年三十二歳になる瑞人は、拓己とよく似た端整な顔立ちをしているが、輪郭《りんかく》も瞳もやや鋭利に見える。身長も拓己と同じぐらいで、二人並ぶと迫力があった。薄手のニットにデニムで、服のセンスも拓己とよく似ている。

「母さんが呼んでる。おれだけじゃなくて、お前も呼んでこいと言われた。それから、そこのひろちゃんも」

「なんでひろや」

「知らん。うるさいやつだな……」

妙につっかかる拓己に、瑞人は眉を寄せた。

兄が絡むと拓己はいつもこうだ。普段の大人っぽさは鳴りを潜《ひそ》めて、むやみに喧嘩腰になる。

ひろは昔、瑞人の持つ鋭利で少し冷たい雰囲気が苦手だった。今でも見上げるたびに緊張してしまう。

けれど以前話したときに、瑞人も拓己のことを心配していて、お互い距離の取り方がわからないだけだということを知った。距離の取り方が下手くそなこの兄弟が、少しでも歩み寄ることができればいい。

「実里《みさと》さんを手伝いに行こう、拓己くん」

拓己を振り返って、その服の袖《そで》をくいっと引く。拓己は渋々といった風にうなずいた。

そろって客間に顔を出すと、そこは足の踏み場もない状態になっていた。

古い段ボールや箱、服に客用の布団にもらい物の食器やタオル、子ども用の玩具《おもちゃ》などが積み重なっている。押し入れの中のものを手当たり次第に出したようだった。少し埃《ほこり》っぽい匂いがする、その真ん中に、実里が座り込んでいた。

「母さん、何してんのや……」

呆《あき》れたような拓己の声に、実里が満面の笑みを浮かべて顔を上げた。

「ふふ、ほら見て！」

実里は傍《そば》に置かれた桐《きり》の箱を開けた。中から薄い和紙がわさりとあふれ出す。ひろも実里の傍に座り込んだ。

「これ、お人形ですか？」

こういう桐の箱を、ひろは以前にも見たことがある。蓮見神社で祖母が受け継いだ雛《ひな》人形を出したときだ。

「お人形やないんよ」

実里が丁寧《ていねい》に和紙をかき分ける。包みの中から現れたのは、すらりとした金色の細い板だ。和紙が取り除かれていくうちに、それが兜《かぶと》から伸びている鍬形《くわがた》だとわかった。

その姿がすっかりあらわになると、ひろは歓声を上げた。

「うわぁ……！」

それは見事な兜だった。時代劇や教科書の絵で見たような、戦国武将がつけていたものにそっくりだ。

頭を覆う鉢《はち》の部分は、艶《つや》やかな黒鋼《くろがね》に金色の装飾が、両脇からくるりと後ろに開いている吹き返しには、赤と金の組紐《ひも》が編まれた装飾が、それぞれ施されている。

「ひろちゃん、こっちもあるんよ。手伝って」

実里は自分の腰ほどもある大きな桐箱を指した。

中には鎧《よろい》の胴が納められていた。胴も帯も小手も、草摺《くさずり》に編み込まれた平紐もすべて金。同じように桐箱に収められていた漆《うるし》の台の上に組み立てると、見事な大鎧兜一式となった。客間に差し込む陽光を、まばゆいばかりに反射している。

「うわ、懐かしいな……」

思わず、と言った風にこぼしたのは瑞人だった。

実里が、鎧の後ろに金と黒の屛風《びょうぶ》を立てる。

「これね、瑞人の五月人形やの」

高さは台も含めれば一メートルほどもあるだろうか。飾り矢と弓が添えられた大鎧の一式は、一目で高価なものだとわかった。

ひろは目を丸くした。

「……豪華ですね」

「しばらくしまいっぱなしやったんよ。瑞人と拓己がそろって端午《たんご》の節句にいるなんて、久しぶりやし。せっかくやから、出してみとうなったん」

実里は鎧を眺めて、それからわずかに目を伏せた。その指先が別の段ボールの箱に触れた。愛《いと》おしそうにそうっとその箱をなぞったのが、ひろにもわかった。

桐箱に比べれば、何の変哲もないただの段ボール箱だ。ガムテープを剝がしてその箱を開けると、中から三十センチほどの子どもの人形が顔を出した。

黒と赤の鎧兜を身にまとった、ふくふくとした子どもだ。頬《ほお》が赤く愛らしい顔立ちをしている。片手に弓を、腰には太刀を佩《は》いていて、厚紙の屏風と小さなこいのぼりがセットになっていた。端午の節句の大将飾りだ。

黄金色の大鎧に比べれば、ずいぶんと庶民的である。

実里が、大鎧の横に小さな大将飾りを置いた。

「これが拓己の五月人形」

鎧の横にちょん、と置かれた人形が愛らしくて、ひろは目を輝かせた。

「これが拓己くん……かわいい！」

「おれやないから。人形がな」

拓己が苦い顔で言った。実里が玩具のこいのぼりをからからと振った。

「五月人形もお雛さんと一緒で、男の子の数だけ仕立てるんがええんやて。瑞人が高校生になるぐらいまでは出してたんやったかな──……」

実里はそこで言葉を濁《にご》した。ひろが不思議そうに顔をのぞき込むと、何でもないと笑って、こいのぼりを大将飾りの横にそっと添えた。

一通り片付け終わった後、大鎧を眺めていた瑞人がふと首をかしげた。

「なあ母さん。おれの鎧って、太刀があったんじゃなかったか?」

大鎧の後ろには向かって左に、弓と矢。右は漆の太刀掛だけが置かれている。

「いや、ほんまやわ。飾り太刀があったはずなんやけど、そのへんにあらへん?」

それからは大捜索だった。ひろも手伝って、桐箱や和紙の山を再びかき分ける。隅々《すみずみ》まで探したつもりだったけれど、結局見つけることはできなかった。

「別の場所にしまい込んだんじゃないか。二階とか。おれ探そうか。こういうものって、そろってないと落ち着かないんだ」

瑞人がそわそわと腕を組んだ。瑞人も昔からきっちりした人だった。ふわふわとおおらかな実里とは正反対のように見える。

「……ええやろ。どうせちょっとの間のことや。太刀の一本なくても別に気にならへん」

そうつぶやいたのは拓己だった。ひろはあれ、と思った。拓己も妙に凝《こ》り性なところがあるからこういうものがそろっていないのは、気になるだろうと思っていたからだ。そのあたりは兄弟二人とも似ている。

それに、と拓己が続けた。

「おれ、その鎧、あんまり好かへんわ」

拓己は障子《しょうじ》を引き明けると、無言で客間を出て行った。ひろと実里が啞然《あぜん》としているのをよそに、瑞人が後を追う。拓己を呼び止めたのだろう。廊下の奥で兄弟同士が言い争っているのが聞こえた。

「あの、止めた方が……」

「……ええんよ、放っといたって」

廊下と五月人形をおろおろと交互に見つめるひろに、実里は力なく笑った。

「……拓己と瑞人が仲悪いんも、わたしのせいなんかもしれへんのよ」

ひろは半ば立ち上がったまま、座り込んでいる実里を見下ろした。大鎧が黄金色に輝くその隣で、小さな大将飾りが笑っている。実里がその人形の頭を指先でそっと撫《な》でた。

「この瑞人の大鎧はね、亡くなったおばあさんが誂《あつら》えはったんよ。瑞人の初節句のときやからもう三十年も前やね」

拓己と瑞人の祖母のことだ。厳しい人だったと、拓己から聞いたことがある。

ひろはその場に座り直した。いつも明るい実里が、こんな風に憂《うれ》いを帯びた顔をしているのを初めて見る。

「おばあさんは、瑞人が生まれたときえらい喜んでくれはってね。長男やし跡取りや言うて。名前も自分でつけはった」

この子に吉が訪れるようにと、瑞人。生まれた瞬間に、清花蔵の跡取りになることが決まっていた。

その頃、嫁いできて何年も経《た》っていない実里は、蔵人たちの世話で手一杯だった。蔵の生活は特殊だ。年の半分は他人と生活をともにすることになる。大量の食事の用意と、生活の世話、店の経理にと実里は毎日一生懸命だった。

生まれたばかりの瑞人の世話は、必然的に実里の義母であり、彼の祖母、幸《さち》の手に委《ゆだ》ねられた。祖母はずいぶん熱心に瑞人の世話をしたそうだ。それはまるで——本当の母親であるかのように。

「わたしも忙しくて、お義母《かあ》さんにまかせてしもてたし。瑞人は小さい頃はべったりやったん。お義母さんもいつも小さい瑞人の手ぇ引いて、やれ会合や、顔見せやて、いろんなとこに連れ歩かはってね」

その瑞人が十歳になる年の春に、拓己が生まれた。拓己の名前をつけたのは実里だ。

「この子は次男で、蔵の跡継ぎにはならへん。やから、己で自分の人生を切り拓《ひら》いていくんやて、それで『拓己』」

拓己は祖母との縁が薄い子だと実里は言った。祖母の愛情のほとんどすべては、瑞人に注がれていたからだ。

実里は、じっと拓己の大将飾りを見つめていた。

「この拓己のお人形さんは、拓己の初節句のときにわたしが買《こ》うたん。河原町《かわらまち》の百貨店のやつ。おばあさんみたいに、人形屋さんに特別に誂えてもらうなんて、できへんかった」

実里が自由にできる金銭にはもちろん限界があったし、無意識に幸と瑞人に気をつかったのかもしれない。端午の節句の五月人形は、長男よりいいものをそろえてはいけない慣習だった。

瑞人が十六歳、拓己が六歳の年に祖父が、後を追うようにそのひと月後、祖母も亡くなった。青竹が瑞々しく香る、ちょうど今の時期のことだったという。

「瑞人も拓己も一生懸命育てたつもりやったんよ」

けれどどこかで、瑞人は祖母のもので、代わりに拓己は自分のものと思っていたのかもしれない。

「わたし、ひどいお母さんやね」

実里の表情が、笑顔のまま悲しそうに歪む。

瑞人と拓己の間に、容易に埋めがたい溝があるのを実里も気がついている。

黄金色の大鎧と、安っぽい艶を残す拓己の大将飾りを交互に見つめて、実里はじっとうつむいた。

ひろはなんと声をかけたらいいかわからなくて、黙ったままじっと畳を見つめていた。

こんな悲しい顔の実里は嫌だと、ただそう思った。

やがて一つ息をついて、実里が立ち上がった。

「ごめんね、変な話して。お人形出したから妙なこと思い出したんやね」

実里はもういつもの調子で、夕食の準備をすると客間を出て行った。まだ何事か言い争っている兄弟の間に入って、笑いながらいなしているのが聞こえる。

——ひろが最初に拓己と知り合った、十年前の断水の夏。拓己の祖母はもう亡くなっていた。

拓己と瑞人の奥底には、二人の祖母の存在がある。

それはもしかしたら、拓己のあの優しさの原点なのかもしれない。ひろはふとそう思った。

2

清花蔵の宴《うたげ》は相変わらず盛大で、その分台所は戦場だった。最近ではひろも何かと便利な手伝い要因の一人として数えられている。

最初の頃は、皿を割ったりおろおろしているばかりで、とても使えたものではなかっただろう。今は実里も遠慮なく用を言いつけてくれるのが、頼られているような気がして、ひろも少しうれしかった。

「はな江さん残念やねえ……」

寸胴の鍋でタケノコを湯通ししていた実里が、火を切って中身をざるに上げた。祖母は仕事が入って、今日の宴会は不参加だ。

「おばあちゃんも残念がってました」

わたしも一品作る！　と前日から張り切っていただけに、夕方に電話がかかってきたときには、本当に残念そうだった。

「またはな江さんがいたはるときに、やったらええよ。ほらひろちゃん、次はタケノコ持っていって。常磐《ときわ》さん焼いてくれたはるから」

ざるに上げたタケノコを、実里がどっさりと大皿に盛った。

庭には七輪が三台出ていて、そこで先ほどから炭火焼き大会が開かれている。タケノコの穂先に醬油《しょうゆ》を塗ってじっくり焼くと、ほくほくと柔らかく香ばしくなるのだ。その醬油の香りを想像して、ひろはごくりとつばを飲み込んだ。

タケノコの皿をよいしょ、と抱えた途端、横から伸びてきた手がひろの手を支えた。振り返ると、拓己がこちらを見下ろしている。

「重いやろ。その皿はおれが行くから、ひろは醬油持ってきて。──母さん、ビールのケースってどこやっけ」

「えっ、もう足らへんの!?　なんで!?」

言いながら実里が包丁を放り出して、大きな冷蔵庫を思い切り引き開けた。食事の間へ向かうひろと拓己の後ろから「もうあらへん！」と実里の悲鳴じみた叫び声が追ってくる。

タケノコの皿を縁側へ置いた拓己がため息をついた。

「おれ、酒買い足してくるわ」

そのまま玄関へ向かう拓己の背を、ひろはあわてて追いかけた。

「わたしも行く。若菜ちゃんのジュースもいるし、荷物持ちするよ」

ビールもどうせ一本二本というわけにはいかないはずだ。非力でも、もう一人いた方がいい。

「じゃあコンビニ行くか。ついでにアイスでも──」

そこで拓己の言葉がふいに途切れた。玄関を見下ろして、訝《いぶか》しそうに首をかしげている。

「……おれ靴どこやった?」

言いながら、拓己は傍《かたわ》らの靴箱をのぞき込んだ。

拓己は服持ちだ。先輩からもらったとか、友だちとの付き合いで買ったとかで、服も靴もたくさん持っている。大抵はいつも適当に履《は》くスニーカーが一足、玄関に置いてあって、残りは家族の靴と一緒に脇の大きな靴箱に収められているはずだった。

「おれの靴一足もあらへん……」

玄関には家族の分も、ひろや蔵人たちの分もある。それなのに靴箱の中も含めて、拓己のものだけが一足残らず消えてしまっていた。

困惑している拓己をよそに、ひろはじっと耳を澄ませていた。


――かぁって　うれしい　はないち　もんめ。


ぞわ、と鳥肌が立った。ばっと天井を振り仰ぐ。くすくすと笑う声が、薄暗い天井をさぁあと駆け抜けていった。大人とも子どもともつかない声だ。

清花蔵にはしょっちゅうお世話になっているが、こんな声が聞こえるのは、ひろも初めてだった。

どこか懐かしさを覚える、柔らかな甘い匂いが鼻をくすぐる。

「――おかしいな……部屋から別の靴取ってくるわ。ちょっと待ってて」

あわててひろが振り返ると、拓己が自分の部屋に向かって、階段を上がっていくところだった。

——あのこ　が　ほしい。

ざぁああ、と声が拓己の向かった先に、なだれるようについていくのがわかった。

ひろは拓己の背を追って階段を駆け上がった。拓己が自分の部屋の前で、不思議そうにこちらを振り返った。

「どうしたん、ひろ。下で待っててくれたらええのに」

「拓己くん、あのね——」

その瞬間、がたん、がた！　と、部屋から音がした。

ひろと拓己が同時に息を呑《の》む。

「ひろ」

拓己の大きな手がひろの肩を引いて、ドアから遠い廊下の奥に押しやられる。

ちがう。今危ないのはわたしじゃない。

ひろがあわてて止める前に、拓己がドアを開けた。

「誰もいてへんな……」

ひろも、拓己の後ろからそっと部屋の中をのぞき込んだ。またあの甘い匂いがして、ひろは眉を寄せた。この匂いは、ひろも拓己ももう鼻に馴染《なじ》んでいる。

この酒造りの土地に染みついている、柔らかい米麴《こうじ》の匂いだ。

クローゼットのドアが、不自然に開いていた。その中をのぞき込んだ拓己が、啞然とつぶやいた。

「靴……なくなってる」

季節外の靴をしまい込んでいた場所は、外箱だけが乱雑に床に散らばっていた。中身は一足も残されていない。

「泥棒とかか？　おれの靴だけ……？」

腕を組んで首をひねっている拓己に、ひろは言った。

「拓己くん、声が聞こえる」

「声て……うちでか？」

ひろはうなずいた。拓己について回っているような気がする。そう言うと、拓己が薄気味悪そうに眉を寄せた。

「そいつが、おれの靴をどこかやったんか」

「わからないけど、でも声と靴がなくなったのは偶然じゃないって気がする。だって、清花蔵でこんな声、初めて聞いたんだ」

「とにかく、靴あらへんと困るから、腹立つけど兄貴に――」

――ごとん。

ひろと拓己は、同時にドアを振り返った。

ドアの向こう、廊下で、何かが床に叩きつけられるような音がした。

「……なんや？」

ごとん……ごとごと、ごと！

拓己の顔が引きつっている。その手がひろの腕をつかんで、そのまま背中の後ろに押し込めた。

最後の音が聞こえてから、二人とも無言のまましばらくじっとドアを睨《にら》みつけていた。

ややあって、拓己が恐る恐る近づくと、意を決してドアを開けた。

「……うわ」

廊下にはたくさんの靴が転がっていた。なくなった拓己の靴だ。あちこちに投げ出されるように散らばっている。

――まけて　くやしい　はないち　もんめ。

麹の香りとともに、ざああ……と声が遠ざかっていくのが、ひろにはわかった。

「……なんなんや、いったい」

拓己が廊下の靴を一つひろって、深いため息をついた。もともと部屋にあった靴に加えて、玄関でなくなった靴もまじっている。靴底についた泥や砂が、一緒に床に散らばっていた。

「おれ、下でぞうきんもらってくるわ。ついでにさっきの音、下にも聞こえたやろから……適当にごまかしてくる」

階段を下りていく拓己を見送って、ひろは足元の靴を適当に拾い上げた。せめて一足に戻しておこうと、神経衰弱のように右と左を探す。

靴の外箱を取りに拓己の部屋に入ったとき、ふとクローゼットの横の机に目をとめた。きれいに整頓《せいとん》された机の上には、白色の封筒が一通。その上に紙が一枚乗っている。

履歴書だった。

ひろの心臓がどくりと鳴った。

思わず手に取った履歴書の下に、面接の案内が見えた。誰もが知っているような、大手の食品メーカーだ。住所は東京だった。

拓己は東京へ行ってしまうのかもしれない。瑞人のように清花蔵を出て、この京都の土地から離れてしまう。

拓己の選択しだいで、そういう未来もあるのだ。

あと一年もすれば、いつでも会うことのできたこの穏やかな時間は、終わりを迎える。

ひろは息が詰まるほどの寂しさを、ぐっと飲み込んだ。

一通り靴と廊下を片付けて、拓己とひろはそろって階下に下りた。買い出しは、蔵人が二、三人代わりに出てくれたらしい。掃除用具を片付けるからと、台所へ向かった拓己の背は、心なしか疲れているように見えた。奇妙なことが続いているのだ、無理もない。

かける言葉も見つからないまま、ひろは食事の間へ戻った。

食卓の大皿はほとんど片付けられていて、宴会は大人の時間に突入している。卓には乾き物の袋が広がり、皿に盛られた実里特製のつまみや漬物が並んでいた。

ホタルイカの沖漬け、鰺《あじ》のなめろう、味付けうずら卵、刻んだ奈良漬けとさいの目に切ったクリームチーズをあえたもの。焼いたししゃもと小魚の南蛮《なんばん》漬けが一番人気で、もう皿の半分ほどもなくなっていた。

杜氏の常磐が皺《しわ》だらけの手で、ひろを手招いた。

「ひろちゃんら酒飲まへんから、つまらんやろ。とっといたんや、拓己と食べ」

「うわぁ……！」

常磐が渡してくれたのは、ガラスの器《うつわ》いっぱいに盛られたさくらんぼだった。つやつやとした朱色の表面が、きらりと水をはじいている。

それと、と常磐が渡してくれた皿を見て、ひろは目を輝かせた。

これなら、拓己も少しは元気になってくれるかもしれない。ひろは器と皿を抱えて、客間に向かった。

「拓己くん……？」

客間はからっぽだった。てっきりこちらに戻ってきていると思ったのに。

縁側に出ると、庭に降りるときに使っている外用の草履《ぞうり》が一足なくなっているのに気づいた。きい、と小さな音がする。奥に続く木の扉が少し開いていた。

あの奥には、内蔵がある。

ひろは器と皿を縁側に置いて、自分も庭に降りた。

清花蔵の庭の奥には、古い酒蔵がある。内蔵と呼ばれていた。漆喰《しっくい》の蔵を黒く焼いた板で囲んだ、古い造りをしている。頑丈な木の引き戸には太いしめ縄が渡されていた。

清花蔵は、古くは豊臣秀吉《とよとみひでよし》の時代から酒を造り続けているという。この地に住まう神に捧げる、本物の神酒《みき》だ。時代は移ってもこの内蔵では、昔の作り方のまま細々と神酒が造り続けられていた。

シロが言うには、それはとても豊潤な香りを持ち、シロたちのようなものにとっては絶品らしい。

内蔵の前で、拓己がぽつりとたたずんでいた。ここは外灯もほとんど届かない。照らすのは月明かりばかりだ。

拓己は、こんなところで一人何をしているのだろうか。ひろが声をかけようとしたとき、拓己が内蔵のしめ縄に手を伸ばした。

ばちん！

小さな雷《かみなり》が鳴ったような音がして、拓己がたたらを踏んで後ろに下がった。ひろはあわてて拓己に駆け寄った。

「どうしたの」

「ひろ……来てたんか」

「すごい音がしたよ」

あわてて拓己の手のひらに目を凝らす。少し赤くなっているものの、怪我《けが》はしていない。

ひろがほっと胸をなで下ろしていると、拓己が自分の手のひらを見つめて言った。

「……おれ、蔵に入られへん。さっきから何回やっても、あかんのや」

ひろは眉をひそめた。拓己がこの蔵に入るのをひろは何度も見ている。ひろはしめ縄の渡された木の扉に、そっと手を伸ばした。

「ひろ、危ないから」

拓己がひろの手を止めようとした瞬間。ひろの手は何事もなく扉にかかった。

拓己がひろと自分の手を交互に見つめる。とても長い時間そうしていた後、やがて呆然《ぼうぜん》とつぶやいた。

「……おれだけか」

ひろが茶を用意して客間に戻ると、拓己は薄暗い床の間をじっと見つめていた。

そこには五月人形が飾ってある。片方は大きく立派な、瑞人の黄金色の大鎧一式。もう片方は小さく安っぽい、拓己の大将飾りだ。

「拓己くん」

ひろが声をかけると、拓己がこちらを振り返った。いつものように大人びていて柔らかな雰囲気だが、やはり少し疲れているのだろう。笑みが愁《うれ》いを帯びている。

拓己は縁側に座ると、自分の手を見つめてつぶやいた。

「靴も部屋も別にええけど、蔵に入れへんのだけは困るな……」

そういえば、とひろは顔を上げる。

「拓己くんは、どうして内蔵にいたの？」

拓己が目を瞬かせた。そうしてすっと視線をそらす。

「……ちょっと様子見に行ってただけや」

嘘《うそ》だ、とひろは直感した。拓己は何かを隠すのが上手だ。嘘のつけないひろとちがって、誰も傷つけず丸め込んでしまう。こんな風にわかりやすく動揺するのは、拓己にとっては珍しいことだった。

だからそれ以上踏み込むことができなくて、ひろは黙って拓己の隣に腰掛けた。

常盤にもらったさくらんぼの器を差し出すと、拓己がやっと顔をほころばせた。

「美味《うま》そうやな」

やっといつもの雰囲気に戻った気がして、ひろもつられて笑った。

朱色のさくらんぼを口に放り込むと、甘酸っぱい香りが口いっぱいに広がる。こくりとした歯ごたえと爽やかな香りが鼻に抜けて、いくつでも食べられてしまいそうだった。

「――ひろ、そっちの皿は何だ」

「わっ！」

ひろは驚いて肩を跳ね上げた。シロがひろの横からひょこっと顔をのぞかせている。

「びっくりした……」

「美味そうなものの匂いがした」

シロがひろと拓己の間に、細い体を滑り込ませた。金色の瞳をきらりと輝かせる。拓己が肩をすくめた。

「めざといな……」

ひろは苦笑しながら、シロの前に皿を持ってきてやった。皿の上には電灯を艶やかに反射する、朱色の粒がいくつか乗っている。

「さくらんぼ飴《あめ》だよ。若菜ちゃん……拓己くんの姪《めい》っ子ちゃんのために、実里さんが作ったんだって」

茎がついたままのさくらんぼの実に、砂糖を煮溶かした黄金色の蜜をとろりとかけて、そのまま冷ましたものだ。シロが催促するようにぱか、と口を開けるから、ひろは茎を抜いて、シロの口の中に一つ放り込んでやった。

ぱきりとシロの口の中で、表面の薄い飴が砕けた音がした。心なしか金の瞳が驚きに見開かれているような気がする。うれしそうにぱたりと尾を揺らせた。

「……色硝子《ガラス》の衣のようだ」

皿に乗っていたさくらんぼ飴の茎を、口で器用につかんで、光にかざしてみたり、表面だけ赤い舌で舐《な》めてみたりと、興味津々《しんしん》だ。

シロがふいに拓己を向いた。

「ところで跡取り――お前、重くないのか」

あまりにも普通の調子で言うものだから、ひろも拓己も一瞬何のことかわからなくて、そろって目を瞬かせた。

やがて拓己が、薄気味悪そうに眉をひそめた。

「冗談はやめや……」

何粒目かのさくらんぼ飴を、シロがぱきりとかみ砕いた。

「ああ、ひろも見えていないのか」


――あのこ　が　ほしい。


あの声だ。ひろはばっと天井を振り仰いだ。シロの目には何か見えているのだろうか。

「おれ、何かに取り憑《つ》かれてるいうことか？」

拓己がぎゅっと眉を寄せた。靴がどこかに行ったり、戻ってきたり。拓己が内蔵の扉からはじかれてしまうのも、そのせいなのだろうか。

シロは大して興味もなさそうだった。再びさくらんぼ飴に夢中になってしまっている。拓己がシロをわしづかみにした。

「お前、見えてるんやろ。なんかわかったことあらへんのか」

「やかましいな。気軽につかむな！　おれは今この飴を愛《め》でるので忙しいんだ！」

シロが鬱陶しそうに首を振った。基本的にひろと、人の手で丁寧に作られた、美しい菓子以外に興味がないのだ。

ふん、とそっぽを向くシロを、ひろは拓己から自分の手のひらに受け取った。

「シロ。拓己くんが大変なの。もしかしたら清花蔵も巻き込まれちゃうかもしれないし……何かわかる？」

シロが小さな頭をひろの手のひらにこすりつけた。金色の瞳で拓己を睨みつけながら、渋々、といった風に言った。

「本当に見えないのが幸いだな。跡取り、お前……体中つかまれてる。大きいものも小さいものもあるが、あれは手だな」

ひろは思わず拓己を見た。拓己も顔を引きつらせて、自分の腕や足をあちこち確認している。あの腕にも足にも、見えない手がたくさん絡みついているということだろうか。想像してぞっとした。

「──手は執着の証《あかし》だ」

シロの金色の瞳がぎらりと輝く。人の姿だったら、にやりと笑っていただろう。

「特別に目新しい気配もない……ずいぶんここに馴染んでいるような気もする。ずっとこの蔵にいたものなんじゃないか」

シロがそう付け加えた。ひろは拓己を見た。

「拓己くん、心当たりはない？」

拓己は、やや引きつった顔のまま首を横に振った。

「心当たりいうてもな……」

「内蔵に入れなかったこととか、部屋を荒らされたりとか……拓己くんをここから追い出そうとしてるのかな……」

ひろがつぶやいたその一言に、拓己がふと顔を上げた。そのまま腕を組んで、じっと何事か考えていたようだったが、ややあってひろの方を向いた。

「ひろ──青紅葉《もみじ》て興味あらへんか」

唐突に今までの話がすっかりどこかに飛んでいって、ひろは目を白黒させた。

「え……あるけど」

むしろ、ものすごく好きな方だ。

赤く色づいた紅葉ももちろんだが、瑞々しいこの時季の青紅葉はまた格別だ。傷一つない鮮やかな緑の葉が、まぶしい陽光に透ける様なんて、想像するだけで胸が高鳴る。

「休み前のテスト、点数よかったらしいて聞いたし。ご褒美に明日、南禅寺《なんぜんじ》の青紅葉見に行かへんか？」

「えっ！　行きたい！」

一気に青紅葉に持っていかれそうになった意識を、ひろはあわてて拓己に戻した。

「待って拓己くん。青紅葉は見たいけど……それどころじゃないよ」

「──心当たりやったら、そこにある」

拓己の言葉に、ひろは目を見開いた。

「ひろがついてきてくれると、心強いんやけどな」

無意識だろうか。拓己が自分の腕を、ぐっと握りしめているのがわかる。

青紅葉に心惹《ひ》かれているのも本当だ。『拓己からのお誘い』というご褒美に、胸が高鳴ってもいる。

でも何より、拓己の手助けができる機会なのだ。

「一緒に行きたい」

拓己が、どこかほっとしたように笑った。

3

次の日、蓮見神社の掃除を終えたひろは、出かける準備をして清花蔵を訪ねた。店表の戸を開けるなり、実里がうれしそうな顔で駆け出てくる。

「ありがとうひろちゃん！　ひろちゃんのおかげやわ。ごめんやけど付き合ったってなあ」

「え……あの」

「ほんま、あの子どんだけ言うたかて、絶対行きたがらへんかったのに」

何のことを言っているのだろうか。流れるような実里のおしゃべりには、相づちと質問を差し挟む隙《すき》もない。

「ほら、これ持っていって。拓己、拓己ー！」

結局何だったのかと聞く前に、ひろに紙袋を押しつけて、実里は店の奥へ駆けていってしまった。ぽかんと立ち尽くしているひろのもとに、やがて拓己が顔を出した。

「おはよう、ひろ。何かえらい騒がしかったけど、母さんなんて？」

ひろは手に持った紙袋を、掲げてみせる。中には何かの紙の包みと、鮮やかな緑の葉がひと束入っていた。

「『ありがとう、ひろちゃんのおかげだ』って……。それからこれを持っていってほしいってことだと思うんだけど……美里さん、何のことを言ってたの？」

「ええよ、ひろは気にせんといて。すぐわかるし」

拓己はひろの手から、さっさと紙袋を取り上げてしまった。促されるように店表から外に出る。空は抜けるように青かった。

その答えがわかったのは、地下鉄の駅を降りてからだった。

拓己と連れだって、蹴上《けあげ》駅へ降り立ったひろは、目の前に立っていた人物を見上げてぽかんと口を開けた。

瑞人だ。

紺《こん》の半袖シャツにデニムという格好で、地下鉄の壁にもたれて長い足を組んでいる。スマートフォンを見つめていた瑞人が、顔を上げた。拓己を見て、そしてその隣のひろを見てぎゅっと眉をひそめた。

「……なぜこの子がいるんだ」

「青紅葉見物に決まってるやろ——墓参りはついでや」

拓己がふんと腕を組んだ。お墓参り、とひろは目を見開いた。

「ひろが南禅寺の青紅葉見たいて言うから。そのついでやったら……まあ顔出したってもええかなと思た」

瑞人は呆れたようにため息をついた。

「かたくなに来ようとしなかったのが、どういうわけかと思ったら……」

実里が喜んでいたのはこれか、とひろは納得した。

拓己は、兄と二人というよりもその墓参り自体を嫌がっていたように聞こえる。けれど拓己は最近自分の身に起こっていることの、「心当たり」だと言った。

「……ええか、ついでやからな」

見上げた拓己の顔は、軽口を叩いているとは思えないほど険しかった。

それが誰の墓なのかなんとなく見当がついて、ひろは歩き出した兄弟の背をあわてて追いかけた。

蹴上駅から少し上った先に、疏水につながる幅の広い線路が見えてくる。古いそれは列車が走るものではなく、舟を運ぶ線路だ。蹴上インクラインと呼ばれる、明治時代の建築物である。

二本の広い線路の間には石畳と砂利《じゃり》道が続き、左右からは葉桜が青空を覆い隠さんばかりに茂っていた。足元の石畳の隙間からは青々とした草が顔を出している。

いつもならその光景に心を奪われていただろう。けれど今のひろの視線は、前を歩く拓己の背ばかりに向けられている。

「……拓己くん、誰のお墓か聞いていい？」

拓己が前を向いたまま、ぽつりと答えた。

「おじいさんと――おばあさんの墓」

拓己の祖母は、十六年前のちょうど今頃、瑞々しい青竹が生い茂る季節に亡くなったそうだ。祖父が亡くなってからひと月後だったという。

「式年祭……仏教でいう法事みたいなもんやな。それ以外で来るんは初めてや」

「命日とかも……？」

拓己がこちらを振り返った。薄く笑っているようだった。

「おれが行ったかて、おばあさんは喜ばへんやろから」

拓己の表情はどこまでも冷たい。まぶしい太陽に照らされて、少し汗ばむくらいの気候のはずなのに、ひろはなんだかぞくりとした。

「おばあさんが、心当たりなの？」

「今回、父さんも母さんも兄貴も、職人さんらも関係なくて、おれだけに起きてることやろ。ひろが言うたみたいに、おれに取り憑いてるらしい何かは、おれのこと気に食わへんから追い出したいのとちがうやろか」

ひろは、どういう顔をしていいかわからなかった。

自分のことを「気に食わない」ものを考えたときに、拓己が出した答えが「祖母」だったということだ。

「おばあさん、おれが内蔵に入るん、嫌がってたからな」

何でもない風に付け足そうとして、失敗したらしい。拓己の顔が引きつったのがひろにもわかった。それでもなんとか微笑《ほほえ》んだ拓己は、ひろの肩にとんと手を乗せた。

「もう十何年も前のことや」

嘘だ。だったらそんな寂しそうな顔をするはずがない。拓己の感情はきっと今でも鮮やかで、残酷《ざんこく》なほど鋭く自分を傷つけている。

ひろはひとまずぎゅっと唇を結んで、うなずいておくしかなかった。

拓己の弱く柔らかい感情をぶつけてもらえるほどの距離には、まだ自分はいないのだ。それが悔しくてたまらなかった。

拓己が気を取り直したように言った。

「ひろやったら、おばあさんの声聞けるかもしれへんやろ。南禅寺の青紅葉がきれいなんは本当やし。ちょっと付き合《お》うてくれへんかな」

「もともと、ちゃんと手伝うつもりだったよ」

ひろは拓己をまっすぐ見つめて言った。

「そうか。ひろははな江さんの跡を継ぐかもしれへんのやもんな。やったら、今回はおれからの依頼やな」

ちがう、とひろは心の中でつぶやいた。

依頼でも手伝いでも、何だっていいのだ。拓己が困っているのなら嫌だと言ったって、助けるに決まっているのだから。

線路を右に外れて、そのまま坂を少し上がったところに、小さな寺があった。すぐ北側は蹴上インクラインや南禅寺、東側には東山《ひがしやま》のうっそうとした山々が連なっている。

住職も常駐していないほどの小さな寺で、境内《けいだい》にもうけられた墓地には、墓石がいくつも立っていた。

「拓己くんのところって、神道だったよね。でもお墓はお寺にあるの？」

「おれもよう知らんけど、うちの墓は代々ここやな。神社て墓立てられへんらしいから、たぶん知り合いやったお寺さんに頼んで、置かせてもろたんとちがうかな」

確かによく見ると、ひろの見知った墓とは少しちがう。墓石は上がとがっていて、見たことのない文字の並びが刻まれていた。

拓己が紙袋から、榊《さかき》を取り出して兄に押しつけた。瑞人が二つに分けた榊を墓の左右へ納める。その間に拓己は、紙袋の中に入っていた紙の包みを取り出した。

屋号の書かれた包装紙は、どこかの和菓子屋のものだ。中身は白いまんじゅうだ。拓己が無造作に、それを墓の前に供えた。

「おばあさん、こんなん好きやったんやて」

「……ああそうだ。あんこの入った菓子が好きだったんだよな」

ひろが見上げた先で、瑞人が懐かしそうに目を細めていた。

「特に月に三日しか買えない、弘法《こうぼう》さんのどら焼きが好きで、小さい頃、おばあさんとよく買いに行った」

「……兄貴はそうやろな」

拓己が、まるで他人事《ひとごと》のようにそう言った。

拓己と瑞人が、神社と同じ二礼二拍手一礼の手順を踏んでいる間、ひろは一歩下がって、二人の背を見つめながら手を合わせた。

拓己の祖父も、そして祖母のこともひろは知らない。拓己が六歳のとき、ひろは二歳。はす向かいの縁で顔くらいは会わせたことはあるだろうが、覚えている歳《とし》ではない。

けれど拓己の優しさと、時折感じるその危うさの奥底には、きっとこの祖母の記憶があるはずだ。

ひろはゆっくりと目を閉じた。

耳を澄ませる。

風が木の葉を揺らす音。遠くで聞こえる観光客の喧騒《けんそう》、鳥の羽ばたきと、瑞人の声。そうしてひろは、わずかに眉をひそめて目を開けた。

寺を出るとすぐに、瑞人はそわそわとスマートフォンを取り出した。河原町で妻と娘が待っているらしい。妙にうれしそうに見えた。

「泉美が、河原町にあるパンケーキ屋に行きたいと言うんだ」

行列のできるパンケーキ屋だ、と言って見せてくれたホームページに、ひろはあっと声を上げた。

「ここ、予約ないとお昼からは二時間以上待ちますよ。この間、友だちに連れていってもらったんです」

そのあたり抜かりのない陶子《とうこ》が、ぴったり三時に予約をしてくれたのだ。瑞人は目を見開いた。

「嘘だろう!?　パンケーキに予約がいるのか?」

「すごく人気です」

まったく面倒だ、と言いながらせっせと予約の電話をかけ始めた瑞人を見て、ひろは少しだけ目を丸くした。

河原町に向かう瑞人と別れた後、ひろは拓己を見上げた。

「瑞人さんって、パンケーキの予約するような人だったんだね」

ひろの瑞人への印象は、幼い頃で止まってしまっている。あの鋭く冷たく、とっつきにくかった頃を知っていると、少し意外だった。

「兄貴、お義姉《ねえ》さんにべた惚《ぼ》れやしな。若菜のこともかわいいて仕方ないんや。若菜の写真をせっせと撮って、キーホルダーにして配り歩いてんやで」

拓己が顔をしかめた。

「あの顔で、『かわいいだろう』って赤ちゃんのキーホルダー渡される方の身にもなってほしいわ」

ひろは思わず噴き出してしまった。瑞人の意外な一面だ。

「院を卒業してから、兄貴は全然帰ってこうへんかったんや。ほんまに蔵を捨てたかと思てたけど……お義姉さんと結婚してからやな、こんな頻繁《ひんぱん》に帰るようになったん」

拓己がふいに柔らかく微笑んだ。

兄弟でともに墓参りに行く。そう知った実里のうれしそうな顔を、ひろは思い出した。

少し時間はかかるかもしれないけれど、こうして兄弟の溝は時間とともに緩やかに埋まっていくのかもしれない。

拓己とひろは、インクラインの線路をゆっくりと下って、青紅葉を目当てに南禅寺へ向かった。

線路を下りてしばらく進み、橋を渡ると南禅寺に続く通りだった。名物の湯豆腐を出す料亭が軒《のき》を連ねていて、通りの左右には葉桜にまじって、すでに青々とした紅葉の葉が揺れていた。

南禅寺の境内は、涼やかな青紅葉で埋め尽くされていた。いくつも層になって光を透かす紅葉が風で揺れるたびに、影の表情が変わる。

幾重にも重なる光と紅葉の層は、見ているだけで心が躍《おど》った。

「ひろ、こっち上がろう」

拓己が指したのは水路閣《すいろかく》だった。明治時代に建設された赤レンガの水道で、苔《こけ》むしたレンガが柔らかなアーチを描いている。上は橋のように平らになっていて、あそこに水が流れる仕組みになっているらしい。

「このあたりは、明治時代に琵琶湖《びわこ》から初めて水引いたときに、インクラインとか水道とかいろいろ整備されたんや」

水路閣の脇を通ると、疏水につながる高台に上がることができる。水路閣を流れる水は今でも琵琶湖疏水として伏見《ふしみ》までつながっていた。

細い高台は、中央を疏水がきらきらと光を反射しながら流れている。その左右を覆うように青い紅葉が光を透かし、それはまた秋の鮮やかな赤とはことなって、清涼感のある美しさだった。

「――……声、どうやった?」

拓己に問われて、青紅葉に見入っていたひろは振り返った。まなじりを下げて首を横に振る。

声も気配も何もない。静かな蹴上の風に墓の上をゆらゆらと影が泳ぐ。ただ穏やかな場所だった。拓己が困惑したように眉を寄せた。

「……じゃあ、おれを追い出したいんて、おばあさんとちがうんか?」

「わからないけど、清花蔵で聞いたような声はしなかったよ」

「……好き勝手やって死なはったから、今更未練がましく化けて出るとかしはらへんのやろか」

拓己の言葉に、ちくりと毒が混じった。それがあまりにも拓己らしくなくて、ひろは唇をかみしめた。

祖母が関わると、拓己がなんだか知らないものに見える。

怖くて、冷たくて。ひろの知らないところで、どこか遠くへ行ってしまうような、そんな気がするのだ。

とっさに拓己の袖をつかんだ。ここで手を放してはいけないと思った。

「実里さんに、おばあさんと瑞人さんのこと、ちょっとだけ聞いたんだ」

拓己が「そうか」とつぶやいた。

拓己の祖母は、自分の子どもであるかのように、瑞人の世話をしていたと実里は言った。十離れて生まれた拓己は、その二人を見つめているだけだった。

「……おばあさん、別におれのこと、嫌ってたわけやなかったんやと思う」

彼女も商売人の家から嫁いできた。嫁ぎ先の商売を守らなくてはいけないと、人一倍がんばる人だったのだろう。自分にも他人にも厳しい人だった。

瑞人は待望の跡取りだった。息子の跡を継ぐ子どもだと、彼女が喜んだのも無理はない。

瑞人はよくできた子で、周囲からも跡取りとしては申し分ないと言われていた。

「おれが生まれたとき、ちゃんと喜んでくれはったて、母さんも言うてた。お菓子とかもらった思い出もぽつぽつあるんや。……ただ兄貴の方が大事やと、ちゃんと順番をつける人だっただけや」

長男と次男。跡取りとそうではない方。祖母はその区別に従っていただけだ。

「おれも小さかったから、それが寂しかったんやろうな」

拓己の視線がぼうっと空へ向く。

「兄貴みたいになったら——おばあさんが笑って……うちには拓己がいるからって、言うてくれると思てたんやろなあ」

ひろはやっと理解した。

拓己が誰にでも手を差し伸べていたのは、優しさに隠した寂しさだ。

どうかこの手を取ってほしいのだと。誰彼構わず、手のひらを差し出していただけなのだ。大人は誰も気がつかなくて、一人静かに今までずっと、傷つき続けてきた。

そう気がついたら、たまらなくなった。

「拓己くん、おばあさんはもういないよ。声だって聞こえない」

拓己のそんな寂しい顔は、もう見たくない。

拓己の祖母にもきっと言い分がある。彼女は彼女のルールの中で、拓己を慈《いつく》しんでいたのだろうということだってわかる。

でも何年も前に死んでしまった人の想いにとらわれて、拓己はこんなに苦しんだ。

ひろは、不思議なものとともに生きる中で学んだのだ。

死んだ人の思いを偲《しの》ぶことも、不思議なものたちの思いを汲むことも、とても大切だ。でももし選ばなくてはいけないのなら——目の前で今生きている、大切な人の人生を選ぶべきなのだと。

ひろは拓己の手を、そっとつかんで両手で握った。

あたたかくて生きている人の手だ。死んだ人の想いにつながれるべき手ではない。

「——拓己くんは、自由だよ」

拓己は目の前の少女の顔に、青紅葉の影がちらちらと躍るのを眺めていた。

——そんな単純な一言を、自分はずっと求めていたらしい。

シロが拓己の傍に何かがいると言ったとき、拓己はそれを祖母だと思った。

祖母が死んだとき、跡取りはまだ兄だった。それからしばらくして、兄はその座を捨てて東京へ行った。そうしてその跡を拓己が拾い上げたのだ。

ひろとともにいて、強い意志や執着には想いが焼きつくと知った。祖母がそのあたりを漂いながら今の清花蔵を見ているとしたら、きっと歯がみしていることだろう。

あの人は、長男である兄に蔵を継がせたかった。

ひろを連れてきたのは、祖母の声が聞こえるかもしれないと思ったからだ。現状の解決になればと思ったのも嘘ではない。

けれど本当は――ひろと一緒なら、向き合えるかもしれないと、そう思っていたのかもしれない。幼い頃から、結局祖母にとらわれたままの自分と。

兄ばかりに向けられていた微笑みを、兄ばかりに向けられていたその手を……。

おれも欲しかったんだよ、おばあさん。

――拓己は自分の右手を握っているひろの両手に、左手をそっと重ねた。

自分を見つけて、つないで、大丈夫だと導いてくれる手が欲しかった。

「……拓己くん?」

拓己ははっと顔を上げた。目の前でひろの顔が真っ赤になっている。

「ああ……ごめん」

拓己は握ったままの手を放してやった。

「わたしも、ごめんなさい。あんまり事情もわからないのに、えらそうなこと言った……し……手も……」

自分で握ってきたくせに、真っ赤になるひろがおかしくて拓己は肩を震わせた。

「小さい頃はいくらでもつないでたやろ。そうやないと、勝手にふらふらどっか行くから」

「もう小さくないし、ちゃんと歩けるよ」

ひろがむっと口をとがらせる。

「悪かったて」

冗談でごまかしてしまうにはあまりにも惜しかったけれど、機嫌を損ねられてはたまらない。拓己は残ったぬくもりを閉じ込めるように、そっと自分の手のひらを握りしめた。

それだけで欲しかったものを、手に入れた気がした。

ひろが心配そうにこちらをのぞき込んでいる。拓己はあわてて笑ってみせた。

「もうええんか？　紅葉」

「ずっと見てられるよ。でも、今日は戻ろう」

ひろが困ったようにまなじりを下げた。

「拓己くん、ちょっと疲れてるみたいだよ。最近いろいろあるし、美里さんがおいしいお菓子があるって言ってたし。シロも呼んで、今日は縁側でゆっくりしない？」

そうしよう、とひろがふわりと笑った。

それだけで、心の奥がほろほろとほどけていく気がする。

先を歩くひろの背を追って、拓己は青紅葉で切り取られたまぶしい空を見上げた。

南側の寺で、祖母は今静かに眠っている。

「――おれも蔵を出るかもしれへんよ。おばあさん」

そう言葉に出すと意思ははっきりした。

迷い続けていたけれど、ここへ来ることが必要だったのだ。あの人の顔を見てはっきり伝えなくてはいけなかった。

おれはようやく、あなたから解放されるのかもしれない。

それを教えてくれたのは、この世で何より自由で、誰より大切な幼馴染《おさななじ》みの女の子だ。

4

清花蔵には蔵人たちの姿はもうない。皆昼前には故郷へ向けて帰っていったのだ。

しんと静まっている家の中は、なんだか少し寂しい。これからまた次の仕込みが始まる九月の終わりまでは、清尾《きよお》家の家族の時間だった。

「わたしが用意するから、拓己くんはゆっくりしてて」

「……ありがと」

拓己はなんだかぼんやりとしているようだった。客間へ向かう拓己を心配そうに目で追って、ひろは勝手知ったる台所へ向かった。実里は店表で、お茶やお菓子は自由にしていいと言われている。

四苦八苦しながら、なんとかひろは盆に煎茶《せんちゃ》を用意することに成功した。茶の入れ方は祖母や実里に教わっていたものの、おいしく入れるのは想像以上に難しい。

味には目をつぶってもらおうと、ひろはあらかじめ実里に教えてもらっていた棚から、吹き寄せの小さな箱を取り出した。

ひろが盆に茶と菓子を乗せて客間へ戻ると、縁側に座っていた拓己が隣を空けてくれる。急須から注ぐと、煎茶の青く柔らかな香りがふわりと広がった。これは最初から一人で入れた茶にしては、成功したかもしれない。ひろは心の中でよし、とうなずいた。

「美里さんが、食べていいって言ってくれたんだよ」

箱を開けて浅い器に入れた吹き寄せは、少し早い初夏のものだ。

薄青の金平糖《こんぺいとう》はソーダ味、緑のものはライム。それに薄い黄金色をしたゆずのゼリー、清流を模した干菓子、それから笹や竹をかたどった焼き菓子が、ざっくりとまぜ合わせられている。

日の傾き始めた清花蔵の庭は、庭木や家の長い影が石畳と砂利に模様を描いていた。

この縁側は時間がゆっくり過ぎる気がする。この場所がひろは好きだった。

拓己も隣で庭を見つめていた。ひろが茶を渡したり、吹き寄せを勧めたりすると「ありがとう」とか「おいしいな」と言うものの、言葉少なにぼんやりしているように見える。

調子が悪いだとか、落ち込んでいるという風ではなくて、むしろ雰囲気がいつもよりずっと柔らかい気がした。

そのうちひろの方が、だんだん落ち着かなくなってきた。

もしかして、これが拓己の素というやつだろうか。

ふと昴《すばる》が言っていたことを思い出す。

──優しいように見えて、全然隙がなくて、いつも気を張ってる。

思えばいつだって、拓己は無意識に気を張っていたのかもしれない。誰かに優しくするために。いつだって手を差し伸べる機会を、逃さないために。

「……ひろ」

うわ、とひろは目を見開いた。何だろう今の声……。シロのような、とろりととろけた柔らかな声だ。

「何？」

顔を上げて、もう一つダメージを負う。

そんなくしゃりと崩れた甘やかな顔も見たことがない。

スマートフォンを縁側に、長い足を外に投げ出して、なんだかふにゃりとしている拓己には、いつものしっかりとした大人びた雰囲気はない。なんだか眠たそうに目をこすってみたり、さっきも名前を呼ばれただけで会話の続きもなかった。

リラックスしているということなのだろうか。だったら、このままでいさせてあげたい。何がきっかけになったのかはわからないけれど、拓己は今まで十分がんばったのだから。

それにいつもより気を抜いている拓己は、もしかすると誰も見たことがないかもしれない。それはそれで少し役得のような気もして、ひろはなんだか楽しくなって、ふふ、と微笑んだ。

拓己がふいに、目を細めて上を向いた。さらりと風が縁側に吹き込んでくる。

「……風って匂いがあるんやな」

この時期の風は若芽の青い匂いが混じっている。すぐ傍を派流が流れているから、水の匂い。それからたくさんの花の匂い。

伏見にずっと根付いている、甘い米麹の匂い。

「おれもひろみたいな世界を見てみたいな。きれいやと思う」

拓己の大きな手がふいに伸びてきて、ぐしゃぐしゃとひろの頭を撫でまわした。肩でそろえていた髪が絡まってあちこちに跳ねる。拓己は笑って、その髪をさらりと梳《す》いた。

ひろは目を見開いたまま固まっていた。

微動だにしないひろを見て、拓己があぁ、とつぶやいた。

「ごめんな。なんや吹っ切れたらちょっと楽になって、すごいぼうっとしてる」

「あ……うん」

ひろは手持ち無沙汰に、すっかり冷めてしまった煎茶を一口すすった。初成功の茶は冷めても甘くていい香りがする。正直今は入れ損ねた苦い茶の味が少し懐かしい。

けれど拓己は「吹っ切れた」と言った。拓己の中で、何か一つ整理がついたのはまちがいない。

吹き込む風に心地良く目を細めていると、ずいっと何かがひろと拓己の間に割り込んできた。シロだ。すり抜けざまに、拓己の膝をシロの尾がばしりと叩く。

「美味いなあこの金平糖は」

吹き寄せの器に顔を突っ込んで、金平糖をかすめ取るとそのまま丸呑みした。いつもその繊細な形や、きらきら透ける光の具合を楽しむシロとしては珍しい。

「このゼリーも甘いし、干菓子も甘いし、金平糖も甘いな！」

「……もうちょっと味わって食べなよ、シロ。どうしたの？」

ひろはシロをすくい上げて、膝の上にそっと乗せてやった。味も香りも形もそれぞれちがう吹き寄せは、シロの好物のはずだった。いつも宝物みたいに一つ一つ愛でるはずが、どれもがつがつと丸呑みしている。

何を怒っているのか知らないが、相当に機嫌が悪そうだった。

「シロの分もちゃんと取ってあるから。好きそうだと思ってより分けておいたんだよ、小さな金魚が入ったゼリーとか、青紅葉のお干菓子とか」

傍らに用意してあった小さな皿を見せると、シロがうってかわってきらりと目を輝かせた。細長い皿の上に青紅葉の干菓子を三枚、金魚のゼリーを一つ。青と緑の金平糖をきらきらと散らしている。

「ひろがおれのためにとっておいてくれたんだな。それで盛り付けてくれたんだ」

あっという間に機嫌は回復して、シロはひろの膝の上からうれしそうに小さな皿を眺めていた。

シロが機嫌よく、今度は十分に愛でて菓子を平らげた後、ひろを見上げた。

「なんだ、心当たりがあると言っていたのに、跡取りはそのままなのか」

シロの目にはまだ拓己にまとわりつくものがうつっているらしい。拓己が茶を片手にうなずいた。

「おれが思ってたことと、結局ちがったみたいや」

「拓己くんのおばあさんのお墓に行ったんだけど、すごく静かだった。声も変な気配とかもなかったと思うんだ」

「ばあさん？」

「うちのおばあさん、おれが跡を継ぐの気に食わん人やったから。おれを蔵から追い出して、兄貴にもう一度跡継がせたい思て、化けて出たんかなて思てたんやけど……」

一瞬ひやりとしたひろだが、拓己の言葉にはもう何の険もない。

一通り説明すると、シロは拓己の器からかすめ取った金平糖を丸呑みしながら、ふうん、とその金色の瞳を輝かせた。面白そうだと言わんばかりだった。

「それはどうだろうな。清花蔵の跡取りは、そう簡単に捨てたり拾ったりできるものじゃない――たとえそれが、蔵の人間の意志でもな」

人の姿なら、シロは笑っていたのかもしれない。それも、とても冷たい瞳で。

ひろの背をぞくりと何かが這《は》い上がった。

「お前たちはこの蔵のことを簡単に考えすぎだ。四百年以上神の酒を造ってきたんだぞ。ばあさん一人、化けて出たところでどうにもできないだろうさ」

ひろと拓己は顔を見合わせた。拓己が困ったように眉を寄せた。

「それって――おれが跡取りやめるいうんも、簡単にはいかへんていうことか？」

「なんだ、お前蔵を継がないのか？」

シロとひろがそろって拓己を見つめた。ひろの心臓は痛いほど鳴っている。拓己の机の上で見たあの履歴書だ。

「ひろ。おれ東京行くかも」

ああ、きっと拓己は、それを選ぶだろうと思っていた。

言いようのない寂しさが胸をつく。この穏やかな時間の最後が明確に決まってしまった。

「……うん。会社受けるんだよね」

「希望が本部やから、配属は東京だけしかあらへんみたいやな。どうするかずっと迷ってたんやけど、今日決めた」

その瞬間、シロがふるりと体を震わせた。

「決めたはいいが、だったら気をつけろ」

すい、とその金色の瞳が天井を向く。

え、と拓己とひろが同時につぶやいたとき。

「——来たぞ」


——かあって　うれしい　はないち　もんめ。

ガタガタッ！　と、真上でひどい音がした。重いものを何もかもぶちまけたような音だ。

ひろと拓己は同時に立ち上がった。

「おれの部屋か……」

拓己が客間の障子を引き明けて駆け出していった。ひろもシロを肩に乗せて、あわてて追いかける。

二階のドアを開けた先、拓己の部屋はひどい有様だった。

クローゼットは扉ごと外されて、中の服はすべて床に散らばっていた。靴や鞄《かばん》、コートは窓から外に放り出されているものもある。

窓の下のそれは、特にひどかった。スーツやジャケットがさっきまでぼんやり眺めていた庭に広がっていて、五指がはっきりしたいくつもの足跡がついていた。入念に踏みつけたように見える。その中にはいつか拓己が着ていたスーツもあった。

「……あれ、もらい物やのにな」

窓からそれを見下ろした拓己が、肩を落とした。あの状態ではクリーニングに出しても、無事元通りに戻ってくるかは微妙なところだ。

「派手にやられたなあ」

シロがひろの肩の上で、けらけらと笑っている。笑いごとではないといさめておいて、ひろは部屋の中をぐるりと見回した。

部屋の中に残っているものも、引き裂かれたり、あの足跡で踏みつけられているものもある。その中で、ひろはふと気がついた。

いつも着ているカットソーやデニムは、クローゼットから引っ張り出されてはいるものの汚れも傷もない。なんだかよそ行きのものばかり選んで、ぐちゃぐちゃにしたみたいだ。

「うわ……なんやこれ」

拓己の後ろからひろも顔をのぞかせた。

拓己の机の上には、大きな傷が二つ走っていた。切り口は鋭利で、何か大きな刃物で切り裂いたようなそんな傷だ。

不思議なことにその傷以外、机の上は何一つ散らかっていなかった。部屋中余すところなく服と靴が散らばり、ベッドもシーツが剝がされ、床には誰かが走り回ったような足跡がついているのに。

机の上だけが、その嵐から守られているように見えた。

二つの傷の間に、白色の封筒が一通置かれている。拓己の履歴書だ。

その瞬間、真上から声が聞こえた。

──まけて　くやしい　はないち　もんめ。

さっきは「かった」だった。声が「かった」り「まけた」りする基準はどこにあったのだろう。

——それに気がついた途端、ひろはぽつりとつぶやいていた。

「一つじゃないんだ」

床に散らばっていた服を拾い集めていた拓己が、怪訝《けげん》そうに顔を上げた。

「拓己くんを悩ませてたもの……きっともう一ついたんだ」

拓己がぎゅっと眉を寄せた。


拓己の部屋の一通りの片付けを終え、庭の服を拾い集めて大手筋《おおてすじ》のクリーニング屋に出し終わると、日もすっかり沈んでしまった。

今日からは蔵人たちのいない食卓になる。

蓮見神社ははな江の仕事が早く終わる日ではあったが、ひろは祖母と実里に頼み込んで、清花蔵に残ることにした。実里はずいぶん喜んでくれた。瑞人の家族もいるとはいえ、ごっそりと人の減った清花蔵は毎年のことながら少し寂しい。

夕暮れ時からさらさらと降り出した雨は、乾いた空気をしっとり重く湿らせた。この時期の雨は草花の青い匂いをぐっと濃くしてくれる。

　食事を終えて早々、ひろは拓己と客間の縁側に腰を下ろした。

「──つまり、拓己くんを清花蔵へ閉じ込めておきたい何かと、追い出したい何かが両方いるんだと思う」

　縁側に置かれた盆の上には、昼の吹き寄せの残りと煎茶が乗っている。あたたかくなったとはいえまだ夜は肌寒い季節だ。煎茶を一口すると、腹からじんわりとあたたまった。

　気がついたのは、部屋の中で荒らされていたのが、スーツやコート、ジャケット、鞄や靴などよそ行きのものばかりだということ。ひろが聞いた声の「かった」「まけた」。

　そして何かから守られているように、そこだけきれいだった、二本の傷のついた机だ。

「最初、靴が全部なくなった後、廊下に戻ってきたんもそういうことなんか」

　拓己の言葉に、ひろはうなずいた。

「拓己くんの靴を隠した『何か』がいて、それから靴を取り返してくれたものも、別にいるんだと思う」

　ここからは想像なんだけど、と前おいて、ひろは続けた。

「わたしが聞いた声の主は、拓己くんの靴を隠したり、部屋を荒らしたりした方なんじゃないかな。だから『かった』って言ったんだと思う」

そして——あの子がほしい、とも。

ひろはまっすぐに拓己を見つめた。

「きっかけは、拓己くんの就活なんだ」

声の主は、拓己が蔵を離れてしまうと考えた。靴や鞄は外へ出るものの象徴だ。最初はどこにも行くことができないように、拓己の靴を隠した。

「就活で会社を受けるかどうか、拓己くんがずっと迷ってたよね。それで……さっき答えを出した」

蔵を離れると拓己が決めたことが、次のきっかけだ。だからコートやスーツのような、外に出るための服を踏みつけて荒らしたのだ。

拓己をこの蔵へ縛りつけたいものがいる。

「声の主は拓己くんを、この蔵に閉じ込めたいと思ってる……清花蔵に、ずっと昔からいたものなんじゃないかな」

ひろも拓己も、無意識にそろって天井を見上げていた。

拓己がぽつりとつぶやいた。

「——内蔵には、神さんがいたはる」

「内蔵？」

ひろは拓己に向き直った。

「だから、跡取りではないおれは入ってはいけないと、おばあさんに言われていたんだ」

拓己の顔はずっと穏やかで、ただ淡々と昔の思い出を話しているだけだとわかる。それでひろは少しほっとした。

「せやけどひろが聞いた声の主が、例えばその……内蔵の神さんやとして、どうしておれを閉じ込めたいてなるんや。追い出すんやったらともかく」

蔵の跡取りは兄のはずだった。拓己を追い出して兄を戻せというなら話はわかる。

かたり、と音がして拓己とひろがはっと顔を上げた。

「……白蛇《しろへび》」

人の姿のシロが、いつの間にか縁側に腰掛けていた。片足を立ててゆったりと腕を回している。

「なるほど、内蔵の主か。それでその執着っぷりというわけだ」

その口元がにやりとつり上がった。シロの目にはまだ、拓己にまとわりつく手が見えているのかもしれない。

「清花蔵の跡取りは簡単に捨てられるものじゃない。それに、ずいぶん前におれは言ったはずだぞ——」

ひろが京都に来たばかりの頃だ。出会ったばかりの拓己に、シロは確かに言った。あのときも同じように、しとしとと雨の降る日だった。

——頭の固い長男ではなく、未熟だが次男の方がまだマシだと。

「清花蔵はいずれお前のものになる。それを皆が望んでいる——なあ、跡取り、跡取り」

シロが金色の瞳を、つい、と細めた。シロはいつもからかうように、拓己のことをそう呼ぶ。名前なんて呼ぶものかという、気位の高い意思が半分。

もう半分は、清花蔵の「跡取り」と呼ばれる資格が拓己にあるのだと、ずっと認めていたのだ。

「おれだけではない。神酒『清花』には贔屓《ひいき》が多いからな。いつだったか、跡取りがお前だとお披露目をしただろう。身内だけの顔見せだと思ったか？　——あのとき皆が見ていた。おれたちのようなものが」

清花蔵は、神の酒を造る蔵だ。

「それは、おれたちへの約束と同じだ」

シロが金色の瞳をぎらりと輝かせた。ひろが顔を上げた。

「……シロは知ってたんだよね。拓己くんを悩ませてるのが、内蔵の神様だって」

この蔵にずっといたものだ。眠っていたならいざ知らず、あれだけ暴れてシロが気がつかないはずがないとひろは思っていた。

「内蔵の主だとは知らなかったが、まあそんなことだろうとは思っていたな」

「教えてくれればよかったのに」

シロが首をかしげた。不思議そうにきょとんとしている。

「なぜ?」

「拓己くんが困ってたんだよ」

シロが肩を震わせて笑った。

「だが、この蔵を畳まれたら困るだろう? おれたちはここの酒がお気に入りなんだから」

シロの黄金色の瞳は、鋭利な月のようだ。

どれだけ人に寄り添うようになったとしても、シロの本質は変わらない。欲しいものは、欲しいのだ。


——あのこが　ほしい。

ざあああぁああ、と、天井を声が駆け抜けた。ばたばたばたと、何かが走り回る足音も一緒だった。ひろの腕があわだつ。内蔵の神だ。拓己を探している。

「うわっ！」

拓己が急にたたらを踏んだ。縁側から転げ落ちそうになって、すんでのところでこらえた。気味が悪そうに自分の腕を見つめている。

「何かに引っ張られた……」

また「うわっ」と叫んで、拓己は今度こそ縁側から庭へ落ちた。立ち上がろうとしたところを、どんとまた背から押される。

「拓己くん！」

ひろは裸足《はだし》のまま庭に駆け下りた。拓己の腕が何かに引っ張られているのが、ひろにもわかった。背中もだ。拓己のカットソーの生地が、小さな手の形に皺になっているのがわかった。

誰も触れていないのに、内蔵に続く奥の木戸が、きぃ、とか細い音を立てて開いた。

一瞬ぞっとしたが、ひろは恐怖を振り切って拓己の腕をつかんだ。

拓己が連れていかれてしまう！

「シロ、シロ！」

ひろが振り返った先で、シロは縁側に座ったままゆっくりと笑うところだった。

「――喜べ、跡取りにも味方がいるようだぞ」

ばちん！

空気を切り裂くひどい音がして、引きずられていた拓己の体が、がくんと止まった。

「わっ！」

「うわ！」

今度はひろが引っ張る勢いが強くて、背中から雨の庭に倒れ込む。そのひろの背をいつの間に傍に来たのか、シロの手が支えていた。

「大丈夫か、ひろ。跡取りなんかに構うことはないのに。あんなの内蔵にくれてやれ」

「だめだよ！」

ひろがあわてて立ち上がる。拓己が庭に膝をついたまま、じっとその先を見つめていた。拓己の視線の先で、庭の砂利がざっくりと切り裂かれている。机の上の切り傷とそっくりだった。

──まけて　くやしい　はないちもんめ。

雨を避けるために戻った縁側で、ひろは拓己に言った。

「……あの傷をつけたのが、拓己くんを守ってる『もう一つの何か』だよ」

あの音はひろも聞き覚えがあった。拓己が内蔵に入ろうとしたときに、弾き飛ばした音だ。拓己も気がついたようだった。

「内蔵に入られへんかったんは、あれのせいか」

シロがひろの服から、ぱたぱたと泥を払い落としながら言った。

「お前を内蔵に入れないようにしたんだろうな。相手は内蔵の神だ、あそこで一番力を持つ。今内蔵に入れれば戻れなくなるかもしれないな」

拓己の頬を冷や汗が伝うのが見えた。さっき、あの傷をつけたものに助けられなければ、拓己は内蔵に引きずり込まれていただろう。

ひろはぐっと手を握った。

「拓己くんの『味方』が何なのかはわからないんだけど……でも」

取り返してくれたたくさんの靴。それから、机の上にきれいなまま残された、履歴書を思い出す。乱雑に荒らされた部屋の中で、あれだけが守られていた。

あれは拓己が前へ進むための象徴だ。

「きっとその味方は、拓己くんの背中を押したがってる」

蔵を捨てても故郷を離れても、拓己の選択に従って、思うまま己の道を拓いていけばいいのだと。

ああ、と拓己が顔を上げた。

「――わかった」

おもむろに立ち上がる。そのまま、たった今連れていかれそうになった、内蔵につながる木戸へ歩き始めた。

「拓己くん、行っちゃだめだよ！」

拓己が振り返って、緩く首を横に振った。

「たぶん、おれが決めへんかったらいつまでもこのままや」

ひろはあわてて拓己の後を追った。その後ろをシロがゆうゆうとついてくる。

「いい覚悟だな、跡取り。何があってもひろだけは大丈夫だからな」

「ああ。頼むわ、白蛇」

拓己が振り返って小さく笑った。

暗闇《くらやみ》に沈む内蔵を、拓己はじっと見つめていた。

「おれを助けてくれたんは、たぶん飾り太刀なんやと思う――兄貴の鎧の太刀や」

ひろは思わず後ろを振り返った。客間には実里が飾りつけた五月人形がある。瑞人の黄金色の大鎧一式と、拓己の小さな百貨店の大将飾りだ。

大鎧一揃いの中に、太刀だけがないと言っていた。

拓己の肩に夜の雨が跳ねた。

「内蔵に、昔おれが隠したんや」

内蔵が不思議なものだということを、幼いながらに拓己も理解していた。何か特別なものがあるんだろう。宝物か、珍しいものがたくさん入っているのかもしれない。

好奇心に勝てずに、一度近づいたことがある。

黒々とした板がぐるりと周りを囲い、重そうな木の扉がそびえている。入り口にはしめ縄。あたかも何か特別そうで、わくわくしたのを覚えている。

その瞬間を祖母に見つかった。

鬼のような剣幕で駆け寄ってきた祖母は、そのまま拓己の頬を張った。たぶん本気ではなかったのだと思う。痛くはなかったけれど、あのときの衝撃が忘れられない。

——ここには近づいたらあかんて言うたやろ。内蔵は神さんのいたはるところや。失礼があったらあかんやろ。

ぴしゃりとそう言った祖母が、瑞人を伴って何度も内蔵に訪れているのを、拓己は知っている。

ずるい、と思った。

おれが行くと神様とやらには失礼になる。でも、兄はいい。

次の春の終わり、祖父が亡くなったひと月後に、祖母は持病が悪化して入院することになった。もうこの家には戻ってこられないのだろうと、なんとなく誰もが察していた。

その日は新緑鮮やかな四月の終わり。客間には同じように、五月人形が飾られていた。祖母に支えられながら客間を後にした祖母が、最後にその床の間を見て言ったのだ。祖母の黒い瞳に、黄金色に輝く大鎧がうつっていた。

——わたしはもうええ。心残りはなあんもあらへん。この蔵には瑞人がおるさかいな。

祖母たちが病院へ行って、一人留守番していた拓己は、床の間から大鎧に飾られていた太刀を持ちだして内蔵に隠した。

何でもよかった。ただ幼い拓己にとって、唯一しっかりと持ち上げられたのがそれだっただけだ。

どうしてそんなことをしたのか、拓己にももうわからない。

ただ寂しくて悲しかった。

最後まで祖母は拓己のことを見てくれなかった。

大鎧の傍で一生懸命胸を張る、小さな大将飾りのことなど、どうでもよかったのだ。

祖母が亡くなって数年、兄は東京の大学へ進学した。祖母の言葉に従って、順調に跡取りの道を歩んでいた兄は、近所のひとたちからも評判がよかった。皆が兄を褒めるのを聞いて、拓己も誇らしかった。

いつか兄の傍で、蔵の仕事をしようとさえ思っていた。

兄のようになろう。兄のように振る舞おう。

そうすればきっと祖母に認めてもらえる。

——けれど数年後、兄は蔵を簡単に捨ててしまった。

おれがあんなに欲しかったものを、どうしてそんな簡単に捨ててしまうのだろう。どうだってよかったのだろうか。

だったらおれが拾ったっていい。

兄が出て行って初めて、内蔵の前に立ったときの感情はとうてい言い表せない。

してやった、という気持ちもあった。あの頃は近づいてはいけないと言われていたこの場所は、いずれおれのものになる。

兄ではなく、おれの。

拾ったからには一生懸命努めよう。

だって、おれにはこれしかないんだから。

ひろは唇をかんで、じっとうつむいていた。そうしないと泣いてしまいそうだった。

幼い頃の劣等感と、自らを守る盾《たて》のようにかざし続けた責任感と優しさは、拓己をがんじがらめにした。拓己の前にはもっとたくさんの選択肢が広がっていたはずなのに。

「ひろ」

柔らかな拓己の声は、穏やかで落ち着いていた。

「ひろがそんな顔せんでもええ」

頭に乗ったあたたかなものが、拓己の手だとわかった。

「それに、大丈夫や。おれはもうちゃんと選んだから」

拓己は肩を震わせて笑うと、内蔵に向き直った。

「兄貴の飾り太刀のこと、すっかり忘れてたんや。でも母さんがこないだ人形を出したときに思い出した」

だから拓己はあの日、内蔵の前にいたのだ。

内蔵の太刀は、幼かった頃の拓己の心そのものだ。目の前にたくさんの選択肢が広がっていて、何にでもなれると思っていたあの頃の。

だから、拓己の背を押したがっている。

「――だが勝ち目は薄いぞ」

シロが面白そうに目を細めた。

「たかだか三十年前に、人形師が造った太刀だろう。内蔵の主は生半《なまなか》なものではないぞ。なにせ、神の酒を造り続けてきた蔵だからな」

ああ、と拓己はうなずいた。

拓己が内蔵へ手をかけると、今度はすんなりと戸が開いた。

今年の仕込みはすでに終わっている。ぷつ、ぷつと発酵《はっこう》するかすかな音、むせかえるような米麴の匂い。

樽《たる》の並ぶ後ろには神棚、蔵中にはおびただしい数の札がびっしりと貼り付けられている。

ひろは拓己の腕をしっかりと握った。もう片方でシロの手を握りしめる。

「これで、何かあったらわたしが巻き込まれるよ。シロが助けてくれるんだよね」

声の正体を隠していたことを、ひろはまだ少し怒っている。むっとしてみせると、視線の先でシロが肩をすくめた。

蔵の中はひんやりと冷たかった。

たたたた、と小さな足音が聞こえて、ひろははっと顔を上げた。後ろで、がたん！　と音がする。

振り返ると、開け放していたはずの戸が閉まっていた。

拓己はじっと神棚だけを見つめている。

「……おれ、行きます」

拓己が神棚を見上げて、ぽつりと言った。

がたん、がた……と何かが暴れている音がする。

急激に気温が下がっていくのがわかった。吐き出す息が白い。

「この蔵が生き残るためにできることを、考えに行きます」

長い歴史の中で、人の生活はゆっくりと変化していく。蔵もこのままではいけないと、拓己はずっと示し続けてきた。

「だから絶対戻ってきます——約束やから」

約束はだめだと、拓己はずっとそう言ってきた。その拓己の初めての約束だ。

それから、と拓己は泣きそうな顔で笑った。

「——おれを選んでくれて、ありがとうございます」

がた、と音がして戸が開いた。外から濃い雨の匂いが入り込んでくる。

ひろが、あっと顔を上げた。内蔵の戸から何かが駆け込んできたからだ。

子どもだ。

小さな紙の兜が、頭からずり落ちている。色あせたシャツに短パンとスニーカーで、何かを追いかけるように満面の笑みでひろの傍を駆け抜けた。

小さな手に余るほどの、長い太刀を引きずっている。

それは拓己にぶつかって——ふわりと消えた。

内蔵の樽の奥から、拓己が布の固まりを引っ張り出した。古いシーツか何かだろうか。

その中から、あせた黄金色の太刀が見えている。

「……ありがとうな」

拓己が小さく微笑んだ。

5

客間の鎧の横に、拓己が太刀をそっと戻したとき。

がたり、と障子が開いて、瑞人が顔を出した。

「……ずぶ濡れだな」

待っていろ、と言ってバスタオルを二つ持ってきてくれる。ひろも拓己もそれをありがたく受け取った。

「……兄貴。飾り太刀、返す」

拓己がふい、とそっぽを向いてつぶやいた。瑞人は腕を組んだまま笑った。

「もしかしたらと思ってた。おばあさんが入院した日だろう。あの日から五月人形は出してないから」

瑞人が目を細めて、黄金色の鎧を見つめた。

「おばあさんの実家、北山《きたやま》で木材の問屋をやってたんだ。明治になってから始めた商売らしかったんだが、あのあたりじゃ新参だったんだな」

ずいぶんとあれこれ言われたそうだ。拓己の祖母、幸が代を重ねることに固執していたのは、それがあったのかもしれないと瑞人は言った。

「——大学のときだったかな。ふと気がついた。本当におれは、このままおばあさんのいいなりになって、蔵の跡取りにならなくてはいけないのかって」

拓己が顔を上げた。瑞人が突然東京で就職を決めたときだ。拓己は中学生だった。

「考えれば考えるほど怖くなった。蔵の跡取りになって、それ以外に何の道もないみたいだと思ったらぞっとした」

だから瑞人は蔵を捨てたのだ。

畳んでしまえばいいのに、あんな商売。そう思っていたら、弟がいつの間にか跡取りの座に座っていた。

捨てたものを拾っただけだと、必死の形相でその椅子《いす》にしがみついている。そのとき瑞人も気がついたのだ。祖母にとらわれているのは自分だけではなくて、弟もだったのだと。

「お前が納得して継ぐんやったらいいけどな。迷ってるうちはやめといた方がいい」

拓己がふ、と息をついた。腕を組んで瑞人と目を合わせる。

口元は柔らかく笑っていた。

「十年もしたら戻ってくる。それまでは親父がやるやろ。確かに最初は拾ったて思てたかもしれへんけど」

拓己がふと振り返ったのは、奥の戸の向こうに続く内蔵だ。

「おれも、蔵が好きやから」

そうか、と瑞人は笑った。

笑った顔は兄弟そっくりだ。そう思ったらなんだかうれしくて、ひろはこみ上げる何かをこらえるように、ぐっと唇を結んだ。

五月の連休最終日、ひろは制服に着替えて境内に出た。

朝の空気はまだひんやりとしている。祖母が育てている花のプランターには、スズランがころころと白い花をつけ始めていた。

ひろは祖母を探して、狭い境内をぐるりと見回した。いつもより朝が早いから、境内の掃除を、祖母に代わってもらったのだ。

「ひろ」

祖母が箒《ほうき》を持って手水舎《てみずや》の前で手招いていた。縞《しま》の着物に春らしい若草色の帯を合わせている。いつも忙しい祖母は、今日に限って一日休みだという。タイミングが悪いと笑い合ったのは昨日だった。

祖母の隣には見知った顔があった。

「拓己くん?」

休日のラフな格好の拓己は、片手に白色の封筒を携《たずさ》えていた。

「はな江さんがいたはったから、挨拶《あいさつ》してた。ひろは朝から制服でどうしたんや?」

「今日、オープンキャンパスなの」

午前と午後で一校ずつ回る予定になっている。

一校目は椿《つばき》が気になっているという、今出川《いまでがわ》にある女子大で、二校目は拓己の通う龍《りゅう》ケ崎《がさき》大学だ。

駅まで送ってくれるという拓己とともに、祖母に「いってきます」と言ってひろは蓮見神社を出た。

「兄貴、昨日帰った」

拓己がぽつりとそう言った。

拓己が持っているのは、あの履歴書が入った封筒だ。これを出せば、拓己は一歩踏み出すことになる。

「……もし受かって東京に行ったら、もっとお兄さんと会う機会も増えるね」

自分で言っておきながら、ずきりと胸の奥が痛む。その分京都で拓己と会う機会は、格段に減ってしまうだろうから。

「ひろはこっちで進学するんか？」

ひろは曖昧《あいまい》に首をかしげた。

まだ決めきれていないのが本心だ。祖母の跡を継ごうと思うなら、いずれ宮司の資格がいる。大学で何かほかの勉強をしてもいい。

進路はつきつめれば、自分が何がしたいか考え続けることだ。その答えをひろはまだ見つけられていない。

「お母さんってすごいなって思ったんだ。やりたいことがたくさんあって、毎日忙しくて、まっすぐそれに向かってる」

それは拓己も同じだ。椿も陶子も、自分の中の芯がある。

「このままじゃ、拓己くんがいたからとか、陶子ちゃんがいるから、とかで大学を決めちゃいそうな気がして……」

そもそも進学でいいのか、という問題も再浮上してきた。祖母の跡を継ぐなら、神社に入るのは早い方がいいに決まっている。

考えれば考えるほど難しい。

険しい顔でうつむいてしまったひろの背を、拓己のあたたかな手がとんと叩いた。

「せやから、今いっぱい大学見に行ってるんやろ。面白いものもあるかもしれへんし、これや！　っていうものが見つかるかもしれへん」

拓己が立ち止まった。駅の傍にはポストがある。拓己が白色の封筒を見て一度目を閉じたように見えた。

何かに祈っているようにも見えたし、決意を固めたのかもしれなかった。

かたん、と音がして、封筒がポストに吸い込まれていった。何か重いものを肩から下ろしたように、拓己は大きく息をついた。

「別に、友だちと一緒ていう理由で大学決めたかて、悪いことあらへん。大事なのは、ひろが自分で選んで決めることやから」

近鉄《きんてつ》伏見駅の改札は、休日のこの時間は人はまばらだ。道の向こうには御香宮《ごこうのみや》の大鳥居が見える。

ひろは唇を結んでうなずいた。

選択肢はたくさんある方がいい。そこから何を選ぶかは自由だ。

急に心細くなった。手を引いて導いてくれる人は、もういなくなってしまう。

「いってきます」

ひろが背中を向けたときだった。

「──帰ってきたら、うちにお茶しに来るとええよ。今日は母さんのあんみつがあるんやって」

ひろはぱっと振り返った。

「行く！」

自分でも現金だと思った。

でもあと十カ月。一緒にいられる一日一日を、大切にできますように。できれば、笑って過ごせますように。

ひろは今度こそ笑って、もう一度言った。

「いってきます、拓己くん」

「いってらっしゃい、ひろ」

改札の中に吹き込んできた初夏の風に、肩でそろえた黒髪を揺らしながら。ひろは前に向かって歩き始めた。

参考文献

『枕草子　ビギナーズ・クラシックス　日本の古典』（2001）清少納言　角川書店編（角川書店）
『枕草子』（2013）清少納言（知温書房）
『万葉集　全訳注原文付（二）』（1980）中西　進（講談社）
『平安末期の広大な浄土世界　鳥羽離宮跡（シリーズ「遺跡を学ぶ」131）』（2018）鈴木久男（新泉社）

※この作品はフィクションです。実在の人物・団体・事件などにはいっさい関係ありません。

集英社オレンジ文庫をお買い上げいただき、ありがとうございます。
ご意見・ご感想をお待ちしております。

● あて先
〒101-8050　東京都千代田区一ツ橋2-5-10
集英社オレンジ文庫編集部 気付
相川　真先生

京都伏見は水神さまのいたはるところ
花舞う離宮と風薫る青葉

集英社
オレンジ文庫

2020年5月25日　第1刷発行

著　者　相川　真
発行者　北畠輝幸
発行所　株式会社集英社
〒101-8050東京都千代田区一ツ橋2-5-10
電話【編集部】03-3230-6352
【読者係】03-3230-6080
【販売部】03-3230-6393（書店専用）
印刷所　凸版印刷株式会社

※定価はカバーに表示してあります

ISBN 978-4-08-680319-9 C0193